精彩启迪智慧丛书

被遥控的飞机

颜煦之◎主编

台海出版社

图书在版编目（CIP）数据

被"遥控"的飞机：惊险故事 / 颜煦之主编. —北京：
台海出版社，2013. 7
（精彩启迪智慧丛书）
ISBN 978-7-5168-0184-0

Ⅰ. ①被…Ⅲ. ①颜…Ⅲ. ①故事—作品集—世界
Ⅳ. ①I14

中国版本图书馆CIP数据核字（2013）第132665号

被"遥控"的飞机：惊险故事

主　　编：颜煦之

责任编辑：王　艳
装帧设计：飓界创意　　　　版式设计：钟雪亮
责任校对：李福梅　　　　　责任印制：

出版发行：台海出版社
地　　址：北京市朝阳区劲松南路1号，　邮政编码：100021
电　　话：010—64041652（发行，邮购）
传　　真：010—84045799（总编室）
网　　址：www.taimeng.org.cn/thcbs/default.htm
E-mail：thcbs@126.com

经　　销：全国各地新华书店
印　　刷：北京一鑫印务有限责任公司
本书如有破损、缺页、装订错误，请与本社联系调换

开　　本：710×1000　　1/16
字　　数：178千字　　　　　　印　　张：12
版　　次：2013年7月第1版　　印　　次：2021年6月第3次印刷
书　　号：ISBN 978-7-5168-0184-0

定价：29.60元

目录 MU LU

前 言 QIANYAN

　　这套丛书，是供青少年朋友课外阅读的。1000多篇故事，分门别类，篇篇精彩。这些故事，或记之于史册，或见之于名著，或流传于口头。编著者沙里淘金，精益求精，从中挑选。有的以历史事件为依据，加以整理；有的以世界名著为蓝本，加以编写；有的以民间传说为素材，加以改编。每篇故事1000余字，由专业作家和写故事的高手执笔，力求语言通俗，篇幅简短，情节丰富，适合青少年朋友阅读。

　　这里有惊险故事：冒险、历险、探险、遇险、抢险、脱险……险象环生，扣人心弦。这里有战争故事：海战、陆战、空战、两栖战、电子战、攻坚战、防御战、游击战……声东击西，出奇制胜，刀光剑影，短兵相接，其残酷激烈，使人居安思危，警钟长鸣。这里有间谍故事：国际间谍、商业间谍、工业间谍、军事间谍、双重间谍……敌中有我，我中有敌，真真假假，以假乱真，间谍与反间谍的斗争，昏天黑地，扑朔迷离。这里有传奇故事：奇人、奇事、奇景、奇物、奇技、奇艺、奇趣、奇迹……奇风异俗、奇闻轶事、奇珍异宝、自然奇观，令人目不暇接，大开眼界。这里有侦探故事：奇案、悬案、冤案……在神探、法医、大律师、大法官们的侦察、分析、推理下，桩桩疑案，终于大白于天下，罪犯都被绳之以法。这里有灾难故事：天灾人祸、山崩地裂、洪水漫野、飞蝗满天、瘟疫流行、政治谋杀、宫廷政变、劫持人质……在这些自然和人为的灾难中，涌现出一批英雄豪杰，他们舍生忘死，力挽狂澜，令人起敬。这里有武侠故事：大侠、神侠、女侠、飞侠……飞檐走壁，武艺高强，他们伸张正义，赴汤蹈火，为民除害，令人扬眉吐气，心里痛快。这里有智慧故事：记录了古今中外思想家、政治家、军事家、企业家、教育家、科学家、艺术家，以及千千万万平凡人物的聪明才智。这里有动物故事：写出了人与动物间的情谊和恩恩怨怨，诉说了人类对一些动物的误解与偏见，也写出了动物的生活习性，写出了动物间的生存竞争，表达了人们爱护动物、善待大自然的美好愿望。这里有科学故事：科学试验、科学发明、科学发现、科学探险……写出了古今中外大科学家们的科研经历，写出了他们为人类文明和社会发展所做的不懈努力，颂扬了他们的丰功伟绩。

这1000多篇故事，向广大青少年朋友展示了海洋、沙漠、丛林、沼泽、冰峰、峡谷、太空、洞穴等大自然的奇异景象和神秘莫测。这些故事，写出了恐惧、孤独、饥饿、寒冷、酷热、疾病、伤残……这些人类难以忍受的苦难。这些故事，向青少年朋友介绍了战场、商场、议会大厅、密室……这些地方所上演的一幕幕悲剧、喜剧或闹剧，展示了正义与邪恶的较量、正义战胜邪恶的经历。这些故事，表现出人的智慧和勇敢，颂扬了人的意志和力量。

这1000多篇故事，为青少年朋友塑造了许多有血有肉、可歌可泣的英雄形象，他们在这些故事中所表现出的聪明才智和顽强毅力，能使广大青少年朋友开阔视野，学到知识，增长才干。他们那种不畏艰险、一往无前的精神，更能给广大青少年朋友增添拼搏的勇气和人格的力量。

被"遥控"的飞机

  巴利卡和肯迪斯是美国一所大学的大学生，他俩志同道合，都热爱飞行。

  一天上午，他俩碰到了他们的好朋友拉赫，他们向拉赫提出想乘他的小型飞机遨游古里亚海上空。拉赫答应了，并约他们当天下午6点在机场俱乐部见面。当天下午6点，他俩准时来到了飞行俱乐部。

  飞机呼啸着冲上了蓝天。拉赫在前面聚精会神地驾驶着飞机，巴利卡和肯迪斯则兴奋地从空中俯视着茫茫的大海，指点着各处的风景，兴致勃勃地谈论着。

  正飞着，拉赫突然疯狂地打起了手势，好像在拼命地喘气，并且试图打开机窗，小飞机也像喝醉了酒似的直往下坠。两个年轻人以为拉赫在跟他们开玩笑，想吓吓他们，便一起大声喊着："好啦，别再闹了！"

  但飞机还在往下落，而且开始摇晃。这时，他俩才看出拉赫不像在开玩笑，只见他脸色灰白，嘴唇乌青，身子不停地抖动，过了一会儿，整个人就瘫了下来，伏在控制杆上不动弹了。

  巴利卡和肯迪斯吓坏了。他俩用尽了全力才把失去知觉的拉赫拖到后座上。刚把拉赫放稳，巴利卡就抓起仪表上的无线电通话机的话筒，发出了呼救信号。呼救信号立刻传到哥伦布机场的指挥塔。指挥塔的操作员问："你们机上还有会开飞机的吗？"话筒里传来巴利卡绝望的声音："没有，我们两人都不会！"

  操作员一呆，他没想到会这样。他忙一边安慰他们不要紧张，一边立即打电话找机场的首席教练辛西森。

  辛西森很快就来到机场。他二话没说，立刻驾上他的"勇士"型飞机直冲上蓝天。很快，他在上空找到了那架出了麻烦的飞机，只见两个年轻人在机舱里正手忙脚乱地操纵着飞机。辛西森加大油门，飞到那架飞机旁边，用无线电询问他们的机速是多少，回答是185千米。他接着平静地说："现在放下起落架，是中间那根黄色的控制杆！"

巴利卡太紧张了，在拉控制杆时用力过猛，结果起落架没能放下，他急得大叫："它卡住了，没办法放下来！"辛西森在一边说："别急，再试试！"

巴利卡连试了6次，它还是一动不动。辛西森心里咯噔一下，天哪，起落架放不下来，飞机着陆就十分危险。别说没开过飞机的，就是对一个经验丰富的驾驶员来说，也是相当困难的。

巴利卡还在不停地拉控制杆。突然，一声尖啸，飞机身子猛地一震，同时，话筒里传来辛西森高兴的声音："好！你成功了！起落架放下了！"声音停了一下，又继续指挥道："现在把节流阀开大一点，然后保持稳定的速度！"

两架飞机差不多到达机场上空了，还剩下一点点时间，辛西森喋喋不休地告诉他们下落时要注意的事情："……把左边的踏板一踩到底，然后向左急转……"

这个动作刚做一半，又传来辛西森气急败坏的声音："快拉操纵杆！爬高！快！"巴利卡忙把操纵杆一拉，飞机急速爬升。他透过窗户，这才看清前面有一个大烟囱，如果刚才飞机再下降的话，非撞到上面不可。

辛西森驾着飞机跟着他们在上空盘旋了一圈，慢慢地对着话筒说道："我的飞机先下去，你们在后面看我做什么，你们就做什么。"说完，他把飞机开到正前方，开始下降了。巴利卡在后面紧紧地跟着，此时，他的心都提到嗓子眼了。一分钟后，飞机下降到离跑道一米高时，只听见辛西森大吼一声："关掉节流阀！刹车！"

刹那间，飞机的轮子碰到了地面，但情绪激动得无法自制的巴利卡并没有关掉节流阀，反而把它打开了。辛西森看见飞机重新开始上升，吓得他大惊失色，连声喊道："拔出钥匙，拔出钥匙！刹车！"

巴利卡忙按他的话去做，飞机在跑道两列灯光中间的之字形地带滑行了一段，戛然而止，两个年轻人依然在机舱里傻子似的默然呆坐。

一辆救护车疾驶而来，一群人手忙脚乱地把拉赫送往医院。他是因为胃部气体积聚，导致血压突然降低而昏迷的。

从巴利卡和肯迪斯登上飞机开始，不过22分钟，但对他们来说，却像过了几个月、几年。

两 勇 士

春秋时期，在东海边上有一个勇士，名叫匔子良。匔子良勇猛无比，而且乐于帮助贫困的人。因此，他在当地被视为大英雄，老百姓对他都奉若神灵。但是，即使如此，树大招风，也有一些人对他不服的，他们千方百计找机会暗算他。很不幸，在一次争斗中，那些无赖不守信用，以多压少，用卑鄙的手段暗害匔子良，在刺伤匔子良的左眼后，都逃之夭夭了。

在匔子良所住的那个县的附近，也有一个著名的勇士叫要离。他同样武艺高超，锄强扶弱，也很受人尊敬。自从他听说匔子良的事情以后，心中非常不快，很想与匔子良较量一番。

有一次，要离到匔子良的县里办事。走到半路的时候，他看到对面来了一队送丧的人，眼睛一扫人群，就发现匔子良也在送丧的人群中。于是，他二话没说，驱马迎上前去，来到匔子良面前，也不下马，就一拱双手，说道：

"匔壮士，在下要离有事请教壮士！"

匔子良见是要离，而且似乎有些不大客气，就还礼道："原来是要壮士，不知有何事找在下？请直说吧！"

要离见匔子良说话直截了当，就说："人家都说你匔子良是个勇士，天下就数你最勇敢，可在下不明白的是，你被人刺伤了眼睛，又为什么要忍气吞声，不敢去找他们报这一剑之仇呢？像这样窝囊的人也配称为勇士吗？我可真替你难为情！"

说完，他就径自扬长而去，送丧队伍里的人听了，都认为要离说话无理，一个个都显出愤愤不平的样子。

要离骑着马，事也不去办了，得意地回到家中。他召来了所有家人，高兴地说：

"哈哈！你们可知道今日我为何这样高兴吗？因为今日我遇到了匔子

良，而且在许多人面前羞辱了他一顿。他是勇士，听了以后竟然不生气，看来我没说错，他真是个胆小鬼。"

要离的妻子听了，就对要离说："相公，我想凭谪壮士的脾气，他不是个能忍气吞声的人，这次你当着那么多人的面羞辱他，他一定不会饶过你的，我想他一定会来杀你的，你还是到哪儿先躲一躲吧！"

要离一听，很不高兴，说道："你为何只知长他人志气，灭自己威风？难道你认为我要离是等闲之辈吗？说实话，就算他真的来了，我也不怕他。更何况他这样胆小，哪还敢来招惹我呢！"

说完，他就毫不在意地甩袖而去。

当晚，要离为了表明他并不害怕谪子良来报复，就独自一个人睡在卧房里，既不闩门，也不关窗，显得对一切都不屑一顾。

夜深人静，只有一弯月亮挂在天上，洒下一片银色的光辉。要离躺在床上，不知不觉地就睡着了。突然，一个人影一闪，进了要离的卧房。要离正睡得香呢，忽然觉得脖子上一凉，他立即警觉地睁开眼睛，只见谪子良正冷冰冰地看着他。屋里的油灯也早已被点亮了，一把锋利的长剑正架在自己的项颈上。

要离一开始有些心跳，但他毕竟是练武之人，一会儿就恢复了平静。他瞥了谪子良一眼，突然仰头笑道：

"真是可惜，我竟然会死在你这种人的刀下。你是个十足的小人。第一，你招呼也不打一个就偷偷进入人家的宅子；第二，你并非以真本事用剑顶着人家的脖子，而是趁人睡着才得手；第三，用剑架在人家的脖子上又不敢下手，就凭这三点，你不是小人又是什么？"

谪子良只是冷冷地盯着他，说道："你不用说这种话来激我，想想你自己吧。要我看，我有三个理由可以杀了你：第一，你当众侮辱我；第二，你狂妄自大，目中无人；第三，到了现在，你还敢骂我。"

说着，他就提剑要刺。可那要离也不愧为勇士，临危不惧，十分镇定。谪子良见他居然毫不害怕，便收剑道：

"要壮士，在下着实不及你勇敢，真是惭愧，天下哪有勇士杀勇士的道理？后会有期。"说完他一晃而去。从此，这件事就一直被当地的百姓传为美谈。

智杀独脚盗

　　唐朝末年，藩镇割据，战乱纷繁。河北石家庄附近有个村庄，村里有个富户人家的女儿，人长得漂亮聪明，因连年战争，家道破落，父母兄长又死于兵荒，家里只剩下姑嫂两人，过着苦日子。有一天，这位姑娘与嫂子为逃兵灾去濠州投奔亲戚。时近正午，姑嫂两人在濠州城外十里处的柳树林里歇脚，嫂子到附近去讨水喝，让姑娘独个儿在林子里等她。

　　这时，一匹快马由东而来，一溜烟似的从姑娘身边奔过。过了不到半盏茶的工夫，那匹健马又"嘚嘚嘚"地回来了。这会儿的速度没刚才快，不紧不慢地朝姑娘走来。姑娘不由得仔细打量起马背上的人来，那人模样丑陋，黑黑的脸上长着三角吊眼，厚厚的嘴唇，一把络腮胡子，只有一条腿，另一只空荡荡的裤腿管打着结荡在马的一侧，让人见了恶心。

　　姑娘正疑惑地打量着这人，人马已来到她的跟前，那独脚大汉勒住马，冲着姑娘嘿嘿怪笑道："小妮子，身上有什么值钱的，快快献上来，否则休怪大爷不客气！"

　　姑娘一听，知是遇上强盗，她左右盼顾，想看看四周有无来人。

　　那独脚盗见了又冷笑道："哼，看什么，大爷早就去看过了，四周除了那边半路上遇到个妇人，没个人影儿。嘿，那妇人身上倒有值钱的，只是太小气，不肯献与大爷，结果被我的马儿撞了个半死，现在怕已断了气了。你也少费心机，快将财物献与大爷，免得像那臭婆娘一样。"

　　姑娘听他这么一说，知道那妇人必是她嫂子，气得差点冲过去与那独脚贼人拼命，给嫂子报仇。但又一想，自己一个弱女子，怎会是这贼人的对手，再说四周没人能帮她，如果冒冒失失地与这贼人斗，定是自找死，不如好好想个法子除了这强盗，为嫂报仇。可是一时又没个好法子，那贼又急急催促，当务之急是争取时间。她的目光落在手镯上，就对大盗说："小女子别无财物，就一只手镯，待取下来一定奉上。"说着，她捋起衣袖去取，又装作镯小臂粗取不下来的样子，哭丧着脸说："哎呀，戴了多年，怕是取不下来了！"

这强盗怕动作慢了被人看见，就跳下马来，喝道："妈的，这么婆婆妈妈，老子自己来取！"

姑娘见那强盗跳下马，朝她一跳一跳走来，眉毛一皱便有了个杀敌的好主意，心里暗道："等下叫你好受。"便说："大王帮忙来取当然是最好，只是这该死的镯子是小女子从小戴的，紧着呢。如真要取下来，得费些工夫，当心你的马跑了，到时你双脚不便怎么回去？"

那强盗见她说得有理，就说："我去把它拴在那边树上。"

那姑娘又道："嗳，又何必呢？这样跑过去又跑过来，多费时，等会儿我的同伴们回来了，有你受的。不如把马牵过来，拴在自己腿上方便。"

这强盗见姑娘一脸诚恳，话也不无道理，待会儿她的同伴回来，自己单足怎是他们的对手，就真的将马牵过来，把缰绳缚在自己腿上，然后伸手去捋手镯。

姑娘看准的就是这一时刻。她趁那强盗刚伸手之际，倏的一下拔出头发上的金钗，闪到马背后，尽力将金钗刺进了马屁股，马大痛，惊得直立起来，引颈长嘶。那独脚盗人听了一惊，还没反应过来，姑娘又拼命在钗上拍了一掌，那马蹦跳起来，飞一般朝前奔去。

贼子猝不及防，一下子被拖倒在地，大叫大喊被直拖而去。马拖着早已昏死的独脚盗，一路飞驰。跑出3里多才缓缓收住步子。沿途血迹斑斑，强盗早已头破血流，脑浆四迸，死去多时。

姑娘马上奔到嫂子受伤的地方，她幸好还有口气，忙扶了她到附近人家。经当地人的抢救，嫂子的伤过了十多天总算痊愈了。

临终除恶

宋朝，有一个名叫李余庆的人在常州担任太守之职。

李余庆已年过半百，而且一向身体不好。可是，他治理政事强而有力，特别是在剪除坏人坏事上果断坚决，不留私情。那些干坏事的人也因为惧怕李余庆而不敢乱肇事，所以多年以来，常州一带的百姓都能安居乐业。

当时，常州有个姓姜的医师，表面上是开药铺、替人治病，可骨子里却专门勾结山里的盗贼流寇，卖假药、毒药谋财害命。因为李余庆治理严格，他被迫安分了一段时日。但他近来听说李太守身体不甚舒服，就心里发痒，又开始活动起来。他派人出城通知他那群狐朋狗友在近日里运些假药过来。可是，他们的运气不好，正好被李余庆逮了个正着，全部落网。而那姜医师因人不在现场，所以侥幸逃过。不久，李余庆就升堂审案，那些人犯都判罪的判罪，问斩的问斩，得到了应有的惩罚，可这姜医师居然没有人把他供出来。

因为审案，一连几天熬夜缺睡，李余庆那本来就不好的身子终于一下子给拖垮了，很多天了还不见好，急得李夫人整日以泪洗面。不久，这消息不胫而走，传遍了整个常州城。那姓姜的听后，眼珠一转，计上心来，他毛遂自荐，来到李府要为李大人看病开方，而且夸下海口，说是药到病除。

这姓姜的医师每天起早摸黑地亲自来给李余庆煎药，而且又是把脉，又是针灸，弄得李夫人感激得不知怎么办才好。不料，三天下来，李余庆吃了药后不但不见病好，反而狂泻起来，在床上没一会儿可以躺，刚躺下就说要上茅厕，拉屎也像倒水一般。半天下来，已是四肢疲软，两眼昏花，连声音也发不出来了。

李夫人见事有蹊跷，就忙派人去请了一位高明的医生来诊治。那医生

先替李余庆把了把脉,然后,又看了姜医师开的药方,惊得他连连叫道:

"哎呀,李夫人,这位姜医师怕是不牢靠,这药方根本就不对症。快让我看看大人吃过剩下的药渣。"

一个仆人去捡了一点药渣来,医生抓了一点,看了看,又拿到鼻子旁闻了闻,大惊道:"夫人,这药中混有巴豆,怪不得要泻!"

李余庆听了医生的话后,一股怒气冲心而来,接着就是一阵咳嗽,"哇"的一声,一口鲜血吐了出来,吓得李夫人顿时就晕了过去。而李余庆却硬是叫仆人扶自己起身,用很微弱的声音说道:

"来人啊,快替我更衣备轿。那姓姜的既要害我,必与贼人有瓜葛,快……快点替我更衣备轿!"

夫人醒来后再三劝阻,可李余庆还是执意要到公堂,提那姜医师来问案。

再说,那姜医师来李府看了三天病后,见自己的药方已见效,以为这回这李余庆必死无疑,就赶忙溜之大吉了。他回到药房,急匆匆地收拾行李想逃,哪知他刚刚溜出后门,就被李余庆派来的捕快逮了个正着,五花大绑地押到了公堂上。

虽然李余庆病得不轻,然而,在公堂之上,他仍然是威风凛凛,刚正不阿。等姜医师带到后,他"啪"地一拍堂桌,吓得那姜医师两腿发软,"扑通"一声跪在地上,连连磕头认罪。

不一会儿,这个恶医师就招供了全部罪行。李余庆让他签字画押后,就下令将他拖出去乱棍打死。差役们深恨这暗害李大人的恶人,加力重打,恶人不一会儿就毙命于大板之下。

李余庆这时轻松地笑了笑,说了声:"终于抓到主谋了。"随后,他就咽下了最后一口气。

毒 药

明朝时，济南有个名叫秦秉超的人，他是济南首富，靠着与一些贼匪合伙，做上黑道买卖才发家的。

秦秉超为人心计颇多，虽然暗地赚着昧心钱，但是表面上仍然在济南城里开了许多大大小小的布庄，把自己装扮成正经的生意人。

再说秦秉超有一个街坊，名叫施关悟。此人的性格为人与秦秉超截然不同。他刚正不阿，正直坦率，铁面无私。

施关悟有些武艺，因此就在府衙内当差，还是个小小的捕头呢！

秦秉超虽然平时处处小心，装得道貌岸然，俨然是一个正人君子，一个除恶济善的大好人。但世上没有不透风的墙，他的一些违法之事还是被施关悟察觉到。于是，施关悟就紧追不放，而秦秉超则千方百计地掩盖。

这样，两人越闹越僵，仇恨也变得越来越深了。渐渐地，两家虽为街坊，却势不两立。

一传十，十传百，秦秉超与施关悟不和的消息很快传遍了全城。

由于施关悟平日在府衙里做事，难免得罪一批黑道上的贼寇和地痞流氓。

有一天早上，秦秉超的手下来报，说有一批禁货被施关悟在半路上查着了，还说要处理这件事。秦秉超听了后，顿时火冒三丈，他在屋子里拍桌子，踢板凳，大骂施关悟。忽见有一个仆人急急来传：

"老爷，门外有个叫金老大的求见。"

秦秉超正火着呢，他不假思索地大声说：

"什么金老大，不见！"

仆人站着没动，过了一会儿才又说：

"老爷，那人自称是老爷的朋友，说是来帮您对付施关悟的。"

秦秉超一闻此言，立刻转怒为喜，忙吩咐设宴迎接金老大。

那金老大脸上长满了横肉，环眼虬髯，走起路来大摇大摆，一看就知道不是一个好人。果然，他一见秦秉超就又是溜须又是拍马的：

"哎呀！秦大爷，小人对您可是佩服得五体投地呢。您家大业大，财大气粗，那个施关悟算什么东西，穷酸得很，哪能让他得罪您这天下的第一号大好人。"

秦秉超见他啰啰嗦嗦，尽说些奉承吹捧的话，就有些不耐烦地说：

"金老大，你不是来帮我的忙吗？有什么话只管直说，别拐弯抹角的。"

金老大一听，当即拱手道：

"小人是听说秦大爷与那施关悟势如水火，而小人最近又得了一剂神药，完全可以帮您除掉施关悟这心腹之患。"

说着，就神秘兮兮地从怀里取出一个小瓶子交给秦秉超看。接着又微微一笑说：

"此药非同寻常，它无色无味，吃了以后不会当即毙命，须过上三四个时辰后，药力才开始奏效。更为奇妙的是，人死了后，任凭你怎么验尸勘查，也查不出什么名堂，就同病死的一模一样。为此，小人特将此药献给秦大爷，不过嘛！嘿嘿，您得赏给我一百两金子作为报酬，秦大爷，您看怎么样啊！"

秦秉超一边看着小瓶子，一边听着金老大说话，他心中盘算了许久，就看着金老大，点了点头，表示答应金老大的要求。金老大则欢喜无比，两人当场就做成这笔肮脏的交易。

秦秉超当即命人取出了一百两金子给金老大，还请他喝酒吃饭。

正得意洋洋的金老大，哪里还会提防秦秉超要对他下毒手呢！席间，金老大只顾大杯大杯的喝酒，丝毫也不留意秦秉超的一举一动。

实际上，正当金老大与身边的歌妓说笑时，秦秉超早已拿出小瓶子，将金老大刚给他的毒药，暗中倒了一些在自己的酒壶里。

接着，又借敬酒之机，神不知鬼不觉地将自己的酒壶与金老大的酒壶掉了包。他若无其事地继续划拳喝酒，直喝得金老大撑肠拄肚，才让金老大捧着那一百两金子醉醺醺地回家去了。

第二天日高三竿，金老大还没有起床，他的妻子就上去推他，但金老大早已手脚冰冷，死了多时了。

府衙接到金老大妻子报案后，立即命施关悟前去破案。施关悟到了金老大家，查看了现场，询问了他的妻子。

当施关悟拿着一百两金子察看时，马上发现了金子上有秦府的印记。

接着，又听了验尸的医官报告说金老大死于一种奇特的毒药。

他把这几个线索串起来思考一阵后，就立即带着众人到秦府把秦秉超捉拿归案。

那秦秉超万万没有料到，金老大所献的神药并不是不可查验的。可是当他知道自己上当受骗之时，已经铸成了大错。

结果，秦秉超因杀人灭口之罪行被处以死刑，那愚蠢的金老大也因贪财而自食其果。

闯 贼 窝

清朝康熙九年，永安嘉定县盗贼为患，气焰嚣张。一连六任县令都治不了这伙盗贼，他们也都因此而被革职和调遣。

朝中无法，又派贾平远出任嘉定县令。这个贾平远，在朝中以胆识过人、智勇双全而闻名。新官上任三把火，他一到嘉定县，就立即派人四处察访，寻找那伙盗贼的行踪。没多久，派下去的人回来报告说，盗贼中为首的一个名叫冯三。随后又听到，嘉定县在这伙盗贼未来之前，老百姓都安居乐业，相安无事。可自从这伙盗贼来了之后，老百姓就没过过一天安稳日子。他们在县里横冲直撞，烧杀抢掠，无恶不作，嘉定的老百姓逃的逃，躲的躲，这个县里跑掉了不少人。

贾平远决定亲自走一趟，去会会那伙强盗。他根据下面报来的消息，准备出发了。但他的下属官员都竭力劝他不要冒这个险，贾平远却执意要去。

这天，贾平远早早地独自一个人骑了一匹马，翻山越岭，来到了这伙盗贼的窝点——虎头山寨。

快到山寨口时，贾平远远远望见寨门口有一群强盗把守着。可他完全不当回事，毫不理会地一直往前走。那几个把门的小强盗看见他如此胆大，就一个个拔刀出鞘，拦住了贾平远的去路，大声喝道：

"大胆狂徒，竟敢独闯虎头山寨，速速报上名来，乖乖举起手，饶你不死。"

贾平远听了，满不在乎。到了门口，只见他微微一笑道：

"我是新任的嘉定县县令贾平远，此来乃是来找你们的大王冯三的。烦请几位代为通报。"

把门的小强盗们将信将疑，上上下下地把贾平远打量了半天，又凑在一起交头接耳地嘀咕了一通。他们商量好后，其中一个就急匆匆地跑到寨里去报告冯三。

冯三听了小强盗的来报，不免有些摸不着头脑，心里琢磨：这贾平远是何许人，他此番前来，不知葫芦里卖的什么药。也罢，就让他进来瞧瞧又何妨，也可叫他领会领会本大王的威风。不然，给他来个下马威，今后在县里办事也可方便一些。

于是，没过多久，贾平远就被小强盗引进了寨中。

一路上，两旁刀枪林立，彩旗飘扬，甚是威风。可贾平远不屑一顾，他并不觉得有什么异样，连眼睛都不斜一斜，就一直朝前走去。

一会儿，贾平远进了一个大房子，只见冯三坐在虎头椅上，两旁站满了带刀持枪的强盗小头目，个个锁眉瞪眼，大厅里充满了恐怖气氛。

贾平远面对冯三，施了一礼，并说道：

"本官是新任县令贾平远，这次所以只身一人到你们虎头山寨，是因为我觉得你们都还是可以造就的人。可以开门见山地说，本官这次来是给你们一个改过自新的机会。"

那些强盗头目们一听这话，一个个都显得沉不住气了。他们紧握拳头，操起刀枪，准备要结果这位嘉定县令的性命。还是冯三比较耐得住，他说道："贾大人若是为了劝降而来，那本大王怕是要让你失望了，就算我同意，我的这些个弟兄也不会赞成呀！"

贾平远笑着看了看两边的盗贼，便拱手道：

"本官知道你们原来都是善良百姓，是因为生活所迫才走上这条路的，现在正是骑虎难下，只好如此下去。今天，我亲自来这里，是想与你们一起为百姓干件好事，让你们弃邪归善。如果你们肯放下刀枪投诚，我贾平远向天发誓，一定力保赦免你们。但你们若自绝生路，那我也没有办法，反正大队官兵就要来了，到时候你们可是一个也活不成了，你们还是考虑考虑吧！"

贾平远说完，就转身离去。那些大小头目竟一个也没有上前阻拦。由于他说话时大义凛然，不卑不亢，冯三完全被他的勇气和诚恳所感动。

第二天一早，冯三带着众盗贼都来到了县里，他们跪在衙门口，愿听候县令的处置。贾平远闻报，就立即下令遣散了他们，让他们各自去成家立业，安心生产。

从此，嘉定县又恢复了以往的太平和繁华。

蛇佛寺

清朝康熙年间，有三个淄川人是做布生意的。这天，他们卖掉了布来到河南开封。因为急于回家，错过了宿头，正好望见远处山脚下有一座寺院，于是三人决定去寺院中借宿一晚。

开门的是一个白白胖胖的和尚，他见了三个布商，稽首道："三位施主请了，不是小僧小气，实在是小寺肮脏邋遢，容不得贵客，是不是有劳施主再多走几步，到别处去投宿？"

三个布商看了看天，说："大和尚行行好，我们已走了一天，两条腿拖也拖不动了，就胡乱让我们过一宿吧。我们已几天没洗澡，再脏也脏不到哪里去了。"

这个和尚嘻嘻一笑道："既然施主不怕脏，那就请进吧！不过有话说在前头，等会儿见了脏物，施主可不要埋怨。"

三个布商闻言连声说："岂敢岂敢，能赐一宿，谢还来不及，怎么会埋怨？"

三人欢欢喜喜地跟着和尚进了寺。

他们三人走进寺里，见寺院收拾得甚是干净，心想："这和尚也太小气了，不让住就推三阻四找出借口来，还口口声声说出家人慈悲为怀不打诳语呢！"

和尚把他们安顿在侧厢房内，就告辞走了。三人有了住处，顿时觉得饥饿难忍，大家正打算去找和尚讨点东西来充饥。没想到和尚倒自己笑嘻嘻地进来对三人说："施主是否腹中饥饿？"

三人连声说："正是，正是。"

和尚笑着说："各位施主听了可别见笑，小寺一向看重心里虔诚，不兴斋戒。各位施主如不嫌弃，小僧几个还不曾吃晚饭，就一起过去用餐吧。"

三个布商大喜，心想：原来是几个偷荤吃腥的和尚，我们正愁青菜淡饭不中吃，有荤菜吃正求之不得。不一会儿热气腾腾的饭菜端了上来，一看，却是一菜一汤，菜是萝卜炒鸡丝，汤是鸡颈汤，三个布商走了一天没好好儿吃过一顿饭，见了大喜，低头只顾扒饭吃菜。但觉得汤菜入口鲜美异常，心想这几个和尚倒会享福，天天能吃上这份佳肴，我们俗人又何尝有这份福气？难怪这几个和尚都白白胖胖的。

吃了几碗饭，腹内已不再饥饿，言语也随之多了起来。有一个布商道："想不到这鸡颈汤有这般鲜美，大和尚做这碗汤不知要杀几只鸡？"

那和尚笑了笑说："施主再仔细瞧瞧，这哪里是鸡颈？"

布商刚才吃得急了，没仔细看，这会儿夹起一段来仔细一看，只见外侧肉白，内侧光滑，像鳗鱼却又不像，于是满腹狐疑地问这是什么？

和尚道："实不相瞒，这是蛇肉。"就这一句话，吓得三人一齐跳了起来，差点连桌子都掀倒了。他们觉得胃中都是蛇在蠕动，不由地感到一阵恶心，连忙走出屋外呕了一阵，竟没呕出多少来，心里大叫晦气。

看着他们一脸苦相，那几个和尚竟哈哈大笑起来。

他们迷迷糊糊睡到半夜，只觉得胸口凉飕飕，滑腻腻地有什么东西在蠕动，伸手一摸，不是蛇又是什么？连忙叫唤起来。他们点灯一看，满床满地都是。三人慌作一团，抱着枕头爬上桌子，脸色发白地一面用枕头拍打爬过来的蛇，一面高声呼救。和尚们过来，一见三人挤在桌子的一角，手忙脚乱地赶着蛇，语无伦次地喊"救命"，都哈哈地笑了起来。

那和尚边笑边说："小僧早就关照过了，施主说不怕脏。不过这些长虫不会咬人，施主放心就是。"

三人见和尚们站在蛇堆里，尽管蛇在他们脚边缠来绕去，却没有咬他们的意思，这才放心了一些，脸色也缓和了许多。和尚们七手八脚把他们扶到地上说："施主如有兴致，咱们一起去看看那更大的。"说着带了他们去看佛殿上的一口巨井。他们抖抖颤颤地跟着和尚到了巨井边，随着烛光探头下看，妈呀，不看还好，一看吓得他们魂飞魄散。只见井里有一条巨蛇粗如巨瓮，头如畚箕，眼如铜铃，两眼绿光闪烁。其余大大小小的蛇纠缠成结，不下数百条。三个布商直吓得手脚发冷，拔腿就往寺外逃生，只怨爹娘少给自己生了两条腿。

三人逃出寺院，在附近树林中心惊肉跳地坐了一夜。

第二天惊魂甫定的三人到附近村庄一打听，才知道原来这寺就叫蛇佛寺。

衙门里的大盗

　　清朝时，福建尤溪县的几户大户人家，几乎家家被盗，官府下令定要捉住那个盗贼。可是那盗贼神出鬼没，声东击西，弄得捕役们晕头转向。一连几十天，捕役们几乎天天有大盗的线索，可就是不见他的踪影。大盗却越来越猖狂，从城东打劫到城西，竟连捕役都不放在眼里，今天张捕头家被盗，明日王捕快家被洗劫一空。大盗犹如一个幽灵，弄得全县人惶惶不安。人们白天足不出户，惟恐前脚出门，后脚就遭盗；夜晚不敢熄灯，怕那贼趁黑来偷。县太爷为此事也很恼火，限期一个月内定要抓住盗贼，并对捕役们说："你们若能抓住，必有重赏。如到期捉不到，我将拿你们是问。"捕役们听了此话都惶恐不安，他们知道那大盗的厉害，常是来无踪去无影，让他们上哪儿找？看来一个月后便是他们的死期。

　　正当他们愁眉苦脸聚在一起，不知如何是好时，突然张捕头眼睛一亮，对其他捕快说："兄弟们，我们何不去请'神捕'葛老来帮助查查，或许有个眉目。"其他捕快听了，也好像捞到救命稻草，都拍手称好。

　　"神捕"葛老原是王宫四大捕头的老大，什么疑难案件、狡猾大盗，只要他一经手，便能水落石出，于是有"神捕"之雅号。后来葛老告老还乡，定居在尤溪享受天年。只是葛老地位甚高，皇帝老子也要敬他三分，再加上多年不出来办案，县府里小小捕头的请求不知会不会答应。捕头们决定请县太爷出面去请，哪知县太爷一听这事，头摇得像拨浪鼓一般，还大骂捕头们"酒囊饭桶"，逮个窃贼都要请人。捕快们只好硬着头皮自己去办这件案子。

　　一转眼二十多天过去了，这二十多天里，那贼居然就没出现过。人都没了，让捕役们哪里去找。可限期一天天逼近，捕快们急得如热锅上的蚂蚁，决定去求县太爷放宽期限。县太爷也特别仁慈，说："大家也辛苦了这么多天，那盗贼二十多天未出现，想来也不会来了。明天你们就休息一下吧，捕盗之事以后再说。"

捕快们高兴万分，连连向县太爷道谢，各自回家休息。

不料这天夜里那大盗又出现了，一连盗了十几家，连县府的正厅也不放过。休息了一夜的捕役听了这一消息，个个紧张得要命，抖抖瑟瑟地去见县太爷。县太爷见了捕快们也不特别责怪，只叫他们抓紧办案，别误了期限。日子一天天过去，眼见期限明天就要到了，可是那大盗就像是在同他们捉迷藏似的又不见了，捕快们真是一筹莫展，只好坐等死期了。

就在这时候，突然"嗖"的一声，一把匕首飞到捕房柱子上，匕首钉着一张纸条。捕快们一惊，忙过去拔下匕首，取下纸条，展开一看，里面写道："限期将到，若要保命请速外逃，县中案子由老夫来处置。莫声张。"署名一个"葛"字。

捕快们见了又惊又喜，原来"神捕"在暗中相助，但不知此纸是真是假。不过保命要紧，三十六计走为上，众捕快回家整理东西，一日之间跑得精光。

这纸并不假，那葛老早就注意到此大盗蹊跷，已在暗中查访。那天捕快们放假休息，葛老可没闲下来，就在那夜三更时分，他看见一黑衣蒙面人手拿包裹，翻墙跃进县衙门，可一直等到天明也未见那贼出来，不知是另有出路，还是另有原因，葛老一直在考虑这个问题。如今捕快们走个精光，那贼又不知葛老早已盯上，定会再次光临，葛老决定探个水落石出。

第二天傍晚，一个月期限到了，县太爷下令要判众捕快罪，但叫人四处查寻也未见他们的踪影。一连打听了几天，也没有人知道他们去了哪里，只听得旁人说，他们为保命已跑到外省去了。这样县太爷也没法追究责任了。

又过了十天左右，那大盗似乎也知道衙门里的捕快已出逃的消息，又蠢蠢欲动。一天夜里，风刮得很大，乌云遮住了月亮，全城陷在一片黑暗之中。在一排民房的屋顶上出现一黑衣蒙面人，在昏暗的光线中，随着呼呼风响，飞似的从一家房顶跳到另一家房顶，似鬼如魅，看上去阴森得很。突然，在屋顶上又出现一紫衣人，他似乎正在跟踪那黑衣蒙面人，因为他总是尽量隐在树阴里。

那黑衣蒙面人飞身纵入一富户，悄无声息。那紫衣人一矮身形，纵身跃上这富户的高高屋檐，想居高临下看个究竟，但下面漆黑一片，伸手不见五指。约莫过了半顿饭工夫，一个黑影蹿上屋顶，正是那黑衣蒙面人，只是肩上多了只包裹，看来此人定是那大盗。

那黑衣人一路疾跑，似飞一般，不一会儿，来到县衙门外。只见他停下来，四下张望一番，难道下一个目标便是盗衙门？那黑衣人见四下里无人，刚纵身想跃进衙门围墙。"大胆！"猛听得一声怒喝，如平地炸起一声雷。那黑衣人一惊，刚跃起的身子又落了下来，双脚刚落地，那紫衣人也飘至地面。手起弓响，已连发五弹，弹弹直向大盗要害。那大盗功夫也了得，上跃下伏，左躲右闪，竟躲过了四弹，但毕竟做贼心虚，心里一慌，第五颗飞弹已至，他忙一退，那一弹正中额头，看来已伤得不轻。那大盗见势不妙，双脚一点，飞身进了衙门，紫衣人也不追赶，冷笑一声，径自回去了。

天亮了，突然那些捕快齐刷刷地站在衙门大堂上，要求见县太爷，说是来认罪的。可是县太爷却说今天身体不适，叫捕快们三天后来。原来，捕快们并没有离开县城，他们都躲在葛老家里。见县太爷不肯见，就去回报"神捕"葛老。

葛老听了就叫人去报太守说县太爷得了重病，太守平日里和县太爷关系不错，就带了名医随"神捕"和捕快们来县衙门。县太爷一再回避，可太守非要让县太爷看医。县太爷没法，只好让医生进去。医生一搭脉，脉很正常，只是额上有块白巾包着，白巾上渗有点点血迹，于是真相大白。

原来，这位县太爷本是个大盗贼出身。他见朝廷腐败，一时心血来潮，想尝尝当官的滋味，就用平日里盗来的钱财捐了个县官。可当了一阵子县官，他又觉得当官不如做盗自由，于是，老毛病又犯了，重新去做了大盗，这才引出上面这个故事来。

瞎子擒盗

　　清朝时，山东临邑有四个会说书的瞎子先生，他们上无老、下无小，就住在一起，好有个照应。四个人除了说书，别无嗜好，闲下来时就爱天花乱坠地吹牛夸自己。

　　有一天，这四个人没活儿可干，就坐在门口，自吹自擂，大卖狗皮膏药。

　　孔瞎子说："昨天贾员外家的老太太做八十大寿，请我去说了一场书，给我搭起的台子的排场大得甭说，光给我的赏钱，你们猜都猜不着，足足有三两哪！"边说边甩开纸扇洋洋自得地摇头晃脑。

　　祁瞎子听了笑道："三两算什么？李员外家的小少爷是个听书迷，昨天要我一连给他说了五场。嗨，李员外才手爽呢，一抬手就给了我十两一锭的足银呢！"

　　另外两个瞎子也不甘示弱，各自说自己如何如何的运气好，收入高。

　　谁知言者无心，听者有意。四人的谈话，恰好被路过的陈少虎听在耳朵里。

　　这个陈少虎是这一带有名的泼皮，平日里游手好闲，专爱干一些偷鸡摸狗的事。这天他刚好兜里没了货，准备到外面来转转，看是不是有油水可捞。听了四个瞎子的话，他不觉心花怒放，心想瞎子们无家无小，每每总将银子收在身上，于是就起了歹心。

　　这天傍晚，他来到四个瞎子住的地方，"哐"地一脚踹开破院门，扯着嗓门冲屋里喊：

　　"各位明大爷，我家盛大爷今个儿做五十大寿，要我请各位去各说一场拿手的书助助酒兴，到时盛大爷将赏给每人十两纹银，大家若是有意，就动作麻利点跟我走。"

　　四个瞎子听陈少虎的口气那么傲，只当是个有来头的人，连忙摸索着出来。

孔瞎子低着嗓子问："不知盛大爷是哪位？"

陈少虎故意作出一副瞧不起人的样子道："哼，亏你们还是本地人，连西城的盛豪华盛大爷都不知道。"

盛豪华是当地有名的巨绅，四个瞎子虽不能看到他家的排场，但对盛家富比王侯的家况也早有耳闻，不由大喜过望，急急关门落锁，由陈少虎引路，一个搭着一个的肩膀，像一串蟹似的颠着屁股去了。

走啊走，四个瞎子随着陈少虎来到西城外一个荒无人烟的墓地里。陈少虎见四下无人，就停住脚步，摸出一把短刀来，趁四个瞎子还没反应过来时，猛地搂住带头的祁瞎子，把刀搁在他的脖子上。

祁瞎子只觉得脖子上凉飕飕的，吓得魂不附体，不觉大声喊起救命来。

陈少虎"咯咯"两声，阴险地笑道："各位明大爷，你们是遇到好汉爷了。识相的赶快将身上的银子拿出来。否则，嘿嘿，大爷我就不客气了。"

说着手里的刀一使劲，祁瞎子脖子上顿时被拉了条血口子，痛得他杀猪般大叫起来。

陈少虎听了哈哈大笑，吆喝道："快拿出来，磨蹭什么？"

三个瞎子都吓懵了，乖乖取出随身藏的银子来。

惟有孔瞎子沉得住气，他装得可怜兮兮地说："好汉爷，我的银子全藏在腰带里，谁知腰带打了一个死结，烦大爷来帮上一帮。"

陈少虎已乐滋滋地收下了另外三人的银子，不知孔瞎子说的是真是假，就将刀衔在嘴里，蹲下身子来帮他解结。

孔瞎子摸准陈少虎的身子，一把死死抱住他的身子和双手，大叫："这厮已被我抱住，快，快来打！"

三个瞎子一齐摸上来，拳头脚尖并用，牙齿指尖齐施，一阵乱打乱剁，竟将陈少虎的两只眼睛也剁瞎了。直痛得陈少虎在地上乱滚乱翻，不多一会，已是出气多、进气少，眼看快完了。

于是，四个瞎子找回各自的银子，将陈少虎丢在墓地里，摸索着回去了。

金　盅

　　清朝雍正年间，贵州有个二十多岁的青年，名叫李禄。他自幼死了爹娘，和七十多岁的祖父相依为命。爷孙俩就靠着祖传的几亩薄田为生，虽说不富裕，日子过得倒还舒坦。

　　李禄十八岁那年，祖父得了场重病撒手而去。他见自己孤身一人，就将祖上的田产卖掉，凑了几个钱，只身往云南做生意去了。没想到，血本无归。没法子，只好步行返回老家。

　　在路上，李禄遇见一个名叫姒边方的财主，这人倒也和善，见李禄身无分文、饥渴难忍，就带他回家，还留他吃饭、住宿。

　　李禄原想第二天清早就辞行上路，哪知这姒边方十分好客，硬是要留他多住几日，李禄见盛情难却，就留了下来。这李禄生性勤劳，反正闲着没事，就帮着厨房挑水、劈柴。姒边方见他老实厚道，人也长得不错，就将二女儿荷萍嫁给了他。李禄见荷萍温顺漂亮，自然高兴得合不拢嘴。成婚后，他就在姒家住了下来。

　　新婚燕尔，新娘子却终日心事重重，郁郁不乐。

　　一天晚上，李禄多喝了几碗酒，醉醺醺地回到房里。荷萍见状，急忙问李禄：

　　"你这是上哪儿喝酒去了，喝成这般模样？"

　　"……呵呵……今日老……丈人兴致高，我……我也很高兴，就多喝……喝了两杯……"

　　荷萍一听，吓得立刻变了脸色，半天才回过神，接着就"呜呜"地哭了起来。

　　这一哭，倒使那半醉半醒的李禄有些莫名其妙。他以为自己做错了事，连连赔不是：

　　"你，你别哭呀，我以后不喝就是了。"

荷萍摇摇头，含着泪将缘由告诉了他。

原来云南一带有养蛊的风气。所谓"养蛊"是这样的：每逢一年的端午节，人们就到各处将许多毒虫捉来，像什么蝎子、蜈蚣、毒蛇、蛤蟆、毒蜘蛛等，越毒越好。捉来以后，就把这些毒虫关在同一个坛里，紧封坛口，不给食物，任它们自相残杀吞食，最后剩下的一只就叫金蛊。此后的三年，还要天天喂它各种各样的毒药，用量也要逐渐加大。三年期满，金蛊就会自动躲进屋里，再也找不着了。这还不算，最后主人还得每年喂它喝一个活人的血。说是若不喂它，主人自己就会被金蛊吸血而死。当地迷信，谁家有了金蛊，谁家就能发财。因此，有许多人家养着金蛊，弄得人心惶惶。

说来也巧，自从妣边方养蛊以后，靠着辛勤劳动和四处盘剥，也着实发了点小财。于是认定是金蛊赐恩，奉之若神，每年都用活人血喂它。但妣边方又舍不得以自家人喂蛊，就只好牺牲别人。第一年死的是大女儿的丈夫，正是被灌醉了喂蛊的。

听了这些，李禄的酒早已吓醒了，他对荷萍说：

"你会不会弄错了？我看老丈人平日里一副菩萨心肠，怎么可能干出这种事来？"

荷萍含着泪说："这是真的。要不我又怎敢数落自己的父亲？我看，这儿你是不能呆了，还是快逃走吧！"

"不，我不走。真要这样，那我不死你还能活吗？我走了，你怎么办？我决不会丢下你，要走，咱俩就一起走。"

夫妻俩争了半天，最后荷萍还是拗不过李禄，两人只能留下来。

这天，夫妻俩在屋外哭，正好遇到昆明县令朱大人出巡。朱大人见他俩哭得如此伤心，便上前问明了缘由，说道：

"你们不用着急，本县令自有办法。"

说完，他就走了。

第二天，朱县令带着人，并拿来两只刺猬。进了妣家，就放出刺猬去找金蛊。原来，这刺猬是找金蛊的好手。只见它们尖着鼻子，东嗅嗅，西闻闻，约莫过了一顿饭的工夫，就在大厅的左柱子底下找到了一条滚圆的赤色大蚕，足有一个拳头大。朱县令立即命人将金蛊夹出屋外，堆起柴来，放火烧死。

妣边方也因为害过人，被判入狱，后来死在狱中。从此，李禄及荷萍姐妹才过上了好日子。

魔 鬼 谷

　　青海有个少年，叫石小柱。石小柱长得敦厚结实，对什么都好奇。他一向好游历探险，又胆大心细，常常约几个志趣相投的少年一同到野外探险观奇。

　　这一年，他又约了3个伙伴骑着马来到青海省茫崖镇的布伦台地区。

　　布伦台地区有大片的原始森林，石小柱他们断定这里定有什么险奇的景物可以发现。他们4人在茫崖镇委门前下了马，步行向布伦台腹地前进。

　　一路上什么稀奇古怪的东西都有，闪光的石头，长角的蛇，长着七种颜色的会咬人的花等等。

　　小柱他们看看，虽然心里感到害怕，但他们向来就自称是铮铮男子汉，男子汉是不打退堂鼓的。更何况他们还听说布伦台腹地有一处恐怖地带，里面的情况让人捉摸不透，他们还要去见识一下。

　　大约走了二三里路，地势陡然变高，前面和左边两处陡峭的岩壁拦住了他们的去路，只有右边有一条小径可以通行。小柱他们决定向右走，这里树枝茂密，几乎遮住了太阳。小径边杂草丛生，几乎盖住了路面，偶尔有蛇或山猫子在草丛中"嗖"地穿过。

　　大家顺着小径走了约莫一里路，眼前一片开阔。原来这是一片谷地，约莫有几里方圆。这里风景之秀美简直使他们怀疑自己的眼睛。

　　两边固然是峰峦叠嶂，但这幽谷里却林木繁茂，花草丛生，茂密的细草茸茸如绿毡，高数寸，齐如裁剪，无一参差长短者。与镇外的荒滩大漠相比，这里倒真是人间天堂了。奇怪的是这儿竟没有鸟兽。

　　小柱他们高兴地蹦到谷里，又翻跟斗又逮蜻蜓，玩累了就躺在向阳的草坡上瞎扯。

　　正当他们玩得心旷神怡时，蓦地一阵怪风刮来，天上顿时乌云翻滚。

狂风中，飞沙走石，天昏地暗，眨眼间如夜间般漆黑一片。

小柱他们吓得滚成一堆，瑟瑟发抖，不知遇上了什么鬼怪。风越来越大，谷边的绿树像不倒翁似地左右摇摆。风声呼啸，山石乱飞，整个谷地如一锅热粥在翻滚。

小柱他们抱作一团伏在草地上，连大气也不敢出。

突然，漆黑的夜空像被刀子割开一般，长蛇似的闪电劈到谷地，谷地顿时像白昼一般。

闪电还没消失，霹雳声随着闪电狂炸下来，几分钟前的碧空这会儿像决了口一般，大雨倾盆而下。闪电、霹雳、暴雨、狂风一时大作，山谷中如翻江倒海。

滚滚炸雷轰得山谷地动山摇，成片的树林被劈得东倒西歪，身焦叶残。

约莫过了一顿饭的工夫，蓦地，风止雨歇，一轮太阳又高挂碧空。谷地里碧如新洗，又恢复到原先的模样。再找马儿，发现它们已被雷击毙，焦成一团。

小柱他们惊魂未定，全身瘫软，急忙逃出了谷地。问了问当地人才知道，这宽30公里、长100公里的谷地向来就是这样，被人称为"魔鬼谷"。

据科学家说，这里多的是强磁性玄武岩和铁矿，所以有极大的电磁效应。这些少年进入而又能生还，实属万幸。

敌与友的转化

木村是个探险家，生性爱冒险，凡是别人感到害怕、恐惧的地方，他都要冒着危险去转悠一番，从中感受无穷的乐趣。

这年，他跟随一个探险队来到格陵兰的梅尔维尔湾。

这地方处在北纬75度左右，已属于北极圈，风雪弥漫，天寒地冻。木村乘着12条狗拉的雪橇，跑在最前头。他从来就是这样，做任何事都喜欢打先锋。当他领先于同伴5000米时，猛然听见前面一声咆哮，不好，一头硕大无朋的北极熊挡住了去路！

这是一头黄毛的大家伙，体重绝不少于半吨。

北极熊是熊类中身躯最大的一种，且力大无比，寻常野兽见了都要退避三舍。

今天它已饥饿难忍，见到任何动物，都不肯轻易放过。

木村是个经验丰富的探险家，遇到险情总能沉得住气，而且知道该如何应付。

他知道北极熊虽然体壮力大，却怕狗与它纠缠，于是"驾——"的一声喝住了狗，然后拔出锋利的匕首，手起刀落，砍断了最前面四条狗的牵绳。

他的意思很明白，让四条狗先缠住熊再说。

狗也发现这头熊了，它们惊惶地"呜呜"叫着，一时不敢贸然冲上去。

"冲！冲！冲上去！"木村向四条狗下命令。

四条打先锋的狗散开来，"汪汪"叫着，从四面包围上去。

它们已经过主人的调教，绝对不会正面冲上去，而只袭击熊的背后。当它转过身去的时候，有一只便出其不意地扑上去咬上一口，抓上一爪。北极熊感到事情有点不妙。它站下来提起前掌等着，如果有哪只狗不知趣敢冲上前去，它会一掌打得它飞出十米开外。

木村要赢得的就是这一刹那间。

他迅速地割断了其他八条狗的牵绳，放开它们，让它们群起而攻之。

狗一多，胆子就壮，它们开始进攻了。

北极熊虽然已经用它所向无敌的前掌掴飞了两条狗，但它自己也被群狗咬了两口，殷殷的鲜血从它的后腿渗出来。它开始且战且退了。

木村当即取出猎枪，从容地装上了子弹，瞄准着。他在等待机会，以免误伤自己的狗。

脚下是冰块，硬邦邦的，非常滑溜。

这时，北极熊猛地一蹿，蹿出一米多高。它是想利用它的体重压碎冰块。"砰"的一声，它笨重的身躯重重击在冰面上。

通常，在冰厚约20厘米的情况下，这一下是可以砸出一个供它像海豹一样潜水逃跑的窟窿的。

可是今天不行，冰仅厚7厘米，它的这一重砸使周围的冰全碎了。一阵"噼噼啪啪"的响声，连熊带狗还有木村一齐落入冰寒刺骨的水中。

狗是最灵活的，它们最先爬上了冰块。

可是木村和熊却不行，刀割一般的寒冷使木村四肢麻木，他丢掉了枪，身子开始往下沉，多亏他的那件皮衣救了他。北极熊在冰水里也能游，可惜四周的冰没有一块经得住它的体重，每爬一处，冰都在它的重压下碎裂。

狗在冰上"汪汪"大叫，不让它上去。

寒气透彻骨髓，熊的目光中对木村已没了敌意，有的只是恳求。

木村感动了，他命令众狗后退，别吠。

熊感激地瞟了木村一眼，共同的患难使他们成了朋友。

后面的人赶来了。木村打算叫伙伴别开枪，可是他的舌头麻木了，处于半昏迷中，等他被救醒来，北极熊已被击毙，他只有长叹一声。

赛车遇虎

1988年初春的一天，印度北方邦的亚热带森林地带，正在举行世界汽车越野赛的最后一轮比赛。17岁的英国姑娘珍妮是这次越野赛中年龄最小的赛车手，更特殊的是，她是惟一进入最后一轮比赛的女性，她的累计积分已将许多著名的男赛车手远远抛在后面。

她踌躇满志地驱车猛进，连续超过了3名选手。再过一小时，她就可以到达终点。但是，偏偏这时，一只车轮爆胎了。她只能将车子绕到小道上，换上一只新车胎。她跑到旁边一个水塘边洗了手，准备继续驾车比赛。突然，她看见小水塘对面的密林里蹿出3只猛虎，两只朝她虎视眈眈，另一只已经后蹲，像要跃过水塘朝她扑来。

珍妮吓得心跳都要停止了，她猛一转身，拼命向赛车跑去。这时，那只后蹲的猛虎大吼一声，真的一跳跃过了小水塘，直朝她扑来。另两只老虎也仰天呼啸，惊得树林中的飞禽乱撞乱叫，一时落叶纷飞，大地也像被震惊了。

珍妮的赛车门正开着，她鱼跃进车，刚转身拉上车门，那只追来的猛虎已将血盆大口搁在窗玻璃上，狂怒地咆哮。

这时，另外两只猛虎也赶了过来，一只猛地跳上了车顶，把薄薄的车顶板踏得嘎嘎直响，两只后爪乱刨乱蹬，那声音又刺耳又恐怖。第三只老虎趴在车灯前，用爪子拍打着前窗玻璃，3只老虎狂吼狂叫。

珍妮颤抖了一会儿，终于定下神来。她明白，3只老虎一时拿她无可奈何，就放心地发动起车子来。但是，越紧张越出事，连续几次，车子怎么也发动不起来。难道偏偏在这时车子出毛病了？3只猛虎在外面，怎么修车呢？珍妮急得满头是汗，向车垫上寻找手帕时，她才发现该踩油门的脚死死地踩在刹车踏板上！

她擦干净额上的汗，把脚移到油门踏板上，猛一踩，轰的一声，车子发动起来了。趴在车前的那只老虎受到震动，吓得向旁边一跳，正好给珍妮让出路来。

珍妮朝那只老虎打了个响指，笑笑说："谢谢给我让道！再见！"脚下猛踩油门快挂挡，赛车一下子朝前冲出十几米，将趴在车门旁的那只老虎也甩到了小路边。

但是，车顶上的那只老虎却只是朝后摔了个大跟斗，将薄车顶砸出个大凹坑，并没有摔下车去。

珍妮向上敲了3下，笑着问道："怎么，要跟我一起去夺名次？"车顶上马上传来了一声狂吼。这时，珍妮从反光镜中看到，刚才那两只老虎在后面跳跃着追赶上来。

一定要把车顶上那只老虎甩下去！否则，那两只老虎会一直跟着赛车追到终点的！珍妮想利用急转弯将车顶上的老虎甩出去，但是，她不知道，这最后一小时的行程，全是笔直的公路，根本没有急转弯！

这时，车顶上那只老虎已适应了赛车飞驰的速度，居然又半蹲起来，用前爪拍击薄薄的车顶，并不住地狂吼，吓得公路旁观看比赛的人纷纷躲避。

那两只追上来的老虎也不断吼叫，一点也不肯停步。这时，又有一辆赛车超过了珍妮。珍妮估计了一下，如果再急慢，她会失去挤进前八名的机会，但是，又决不能将这3只老虎带到人头攒动的终点去，怎么办呢？珍妮一边加速驾驶，一边紧张思考。这时，一辆警车在公路上出现了。两名警察也被这一奇景惊呆了。他们将警车开得跟珍妮的赛车并驾齐驱，一名警官用手势问她是怎么回事，珍妮只能打了个无可奈何的手势。当警官拔出手枪，表示要为珍妮驱赶车顶上的老虎时，珍妮突然发现前面路旁有个喷水池，立刻示意警车退避到一边去。

警官摇摇头，将打开的车窗又关上，眼看着两只老虎又朝珍妮的赛车追上去，自言自语地说："这个英国女孩想大出风头吧？难道她是公主，能付出一大笔罚金？"

其实，珍妮早已拿定主意，她不希望老虎受到伤害，也不希望观众受到惊吓，当赛车急驶到喷水池旁，她看清车后情况，猛地一个左转弯，就将车顶上的老虎甩进了喷水池。

当她掉转车头继续前进时，欣喜地看到，那两只老虎守候在喷水池边，等着它们那位湿漉漉的朋友一起重返森林。

结果，珍妮如愿以偿，挤进了越野赛的前八名。

斩断魔爪

19岁的莫尼，是菲律宾沿海的采珠工人。采珠这活，可是最危险不过的。每天背着沉重的气瓶，系着铅锤，沉到深深的海底，透过玻璃头盔，在模糊的视线下摸找珍珠贝。常常摸了满满一筐，拉到船上，剖开珠贝一看，十有八九是空的。要不是他爹因为采贝死在海下，一家人无法过日子，莫尼才不会干这活呢。

这一天，莫尼又从船上下了水，来到一片珊瑚礁边。他发觉在珊瑚礁的深处，一只巨大的珍珠贝正张开两爿蚌壳，缓缓地捕捉着游过的小虫。这只珍珠贝，一定是长了蚌珠的宝贝。今天总算有了好运气。

正当莫尼放慢速度，靠上珊瑚礁，小心地接近那只珍珠贝的时候，他突然感到背上被什么东西碰了一下，身子不由自主向后倒去。不好，身后有袭击者！莫尼不管身后是什么，拔出锋利的短刀便砍，一下，两下，那又软又滑的东西终于被砍断了。他急忙转过身一看，啊呀！是一条特大的八爪章鱼，这种凶猛的家伙正是采珠工最危险的敌人。

莫尼顾不上再去找珍珠贝，急忙按动充气的按钮，想浮上海面。两条章鱼触手伸过来，一下子缠住了他的脚，真糟糕！他想弯下腰砍断章鱼触手，可是背上有气瓶，头上有潜水盔，把整个身子捆得直直的，难以弯下腰去。章鱼的另外几条触手又伸过来了，他只得挥动短刀对付面前的触手。

那章鱼巨大的身子紧紧吸在一块礁石上，黑乎乎的直蠕动，莫尼每砍中它的触手一次，它便一阵收缩，把莫尼的脚往礁石上拉。头盔和气瓶也一阵摇晃，重重地撞击着莫尼的身子。莫尼努力平衡住身子，拉着救生索，想报告船上，自己遇到了危险。不料救生索又缠在一枝珊瑚礁上，再用劲也拉不动。唉，难道自己年纪轻轻便要重蹈爹的覆辙？

此刻，章鱼的触手又往莫尼的腰间缠来，这是他的手可以够得着的地方。莫尼拼命挥动短刀，一下子砍断了章鱼那根粗粗的触手。章鱼挨了刀，立即拼命拉住莫尼的脚往身边拽，好大的气力，莫尼一下子被拉出五六米远，一团乌黑的墨汁从章鱼嘴里喷出来，立刻遮没了莫尼的头盔，眼睛再也看不清。这下再也别想砍断章鱼的触手了。

莫尼只得拼命拉动救命索，还好，刚才章鱼这一拉，正巧把救命索拉出了珊瑚礁。莫尼的信号立即传到船上，水手长喊起来："开船，快拉索！"

一个水手拉不动，再加上一个，还是拉不动。水里这条章鱼太大了，身子又紧紧吸在礁石上，除非拉断它的触手，否则章鱼是绝对不会离开礁石的。海上的船和海底的章鱼，开始了拔河比赛，可怜的莫尼变成了拔河索。

船太小了，船头上站不下第三个人。水手长焦急地喊着号子，还是没法拉上莫尼来。海面上起了风，把船推到浪尖，又抛进浪谷，拉绳的水手使不上劲，有两次撞在舷上，几乎跌进海中。

这时，水手长突然喊了一声："把绳子绕到桅杆上！"说着跳到甲板上，拉起救命索就往桅杆上套。这时候，船正在浪尖上，绳索是拉紧了，可是船一跌入浪谷，绳子又松了，还是没法把莫尼拉上来。

水手长招呼水手："快到桅杆后面来，拉紧绳！"这样，当船沉入浪谷时，水手把绳索拉紧了；当一个巨浪再把船掀上浪尖的时候，水里一阵浪花卷起，莫尼终于升上了海面。

吸附在礁石上的章鱼，被拉成两半，可是缠绕在莫尼脚上的触手，依旧死死缠着不放。水手长不顾一切地跳下海去，游近莫尼，挥动短刀，斩断了那两只触手，莫尼这才被从章鱼爪中解救出来。

水手长扶着莫尼来到船边，又陪着他一同上了甲板。当大家七手八脚把潜水衣从莫尼身上解下时，看到他的两个脚腕已被章鱼勒出粗粗的一圈青紫痕，胸前和背上，也撞出一块块伤痕。要不是借风浪的力量，不用过多久，莫尼非被拉断腿骨、撞折肋骨不可。

经过这一场灾难，莫尼悄悄地离开了船只，他再也不愿为几颗小小的珍珠卖命了。

尾翼抢险

　　1977年秋季的一天上午，土耳其首都安卡拉郊区的一个军用机场上，一架跳伞训练机飞上了蓝天。这架训练机上有10名伞兵，其中两名是老兵，他们是来为另外8名新兵作示范动作的。

　　当飞机上升到近千米的高空时，第一个老兵先示范着跳下去，接着一连跳下去7个新兵，动作都很合乎要求。第二个老兵名叫乌姆尔，他对最后一个新兵科洛吉说："怎么样？你先跳，还是我先跳？"科洛吉仍很紧张，说："你先跳吧，我再看一遍。"乌姆尔点点头，再解释了一遍跳伞要领，就刷地从舱门口跳出去，5秒钟后撤动开伞键，白色的降落伞一下子就从头顶上撑开来，带着他稳稳地降向地面。

　　当乌姆尔悠闲地抬头去望科洛吉的时候，却惊讶地发现，他竟把跳伞要领的关键之处搞颠倒了。

　　原来，撤动开伞键的时间十分关键，撤迟了，人会像石头一样高速冲向地面；撤早了，降落伞会在离机前就打开，跳伞人很可能被挂在机舱口。现在，科洛吉犯的正是后一个毛病，他人还没完全离开机舱，降落伞却从伞包里打着旋转被送出来了。飞机涡轮螺旋桨形成的强气流将这顶庞大的降落伞呼呼向后吹去，眨眼间，降落伞被牢牢地挂在飞机的尾翼上，科洛吉也就被吊在那里，上不得，下不得。

　　情况万分危急！驾驶员也发现了尾翼上挂着人，千方百计保持飞机的平衡。他火速将这一情况报告机场，请地面尽快找出解救办法。

　　地面指挥塔也乱成了一团。军官们知道，如马上让飞机着陆，飞机可保安全，但科洛吉会在跑道上被拖得血肉模糊；如半小时内想不出可靠的方案，训练机的燃油也要耗光，机毁人亡将不可避免。

　　这时，新兵科洛吉也在左右牵拉降落伞的尼龙绳，但一点也没法将它从尾翼上扯断下来。他真后悔没带上一把匕首，否则，他宁可自己摔死，也不会连累训练机和机上人员的。

正当大家都束手无策时乌姆尔找到了指挥官，对他说："我希望马上乘一架训练机上天，我有办法把科洛吉救出来！"

指挥官皱着眉听完了乌姆尔的设想，沉思了半分钟，终于说："除了这个办法，恐怕谁也救不了他了！你快去准备吧！"

不一会儿，另一架训练机载着乌姆尔腾空而起，一下子飞到了出事飞机的上方，与它保持着同步飞行。等飞机完全飞稳后，乌姆尔从舱门望下去，只见科洛吉还在尾翼下面左右摇晃着，叹了口气自言自语道："新兵新兵，只知保命！在飞机内就打开降落伞，简直是玩命！"

他带着一大捆双料尼龙绳，一头系在机舱内，一头系在自己腰里，请另一位老兵在舱内随时为他放绳。飞机慢慢降低高度，乌姆尔喊了一声"好"，就飞身跳出训练机。那位老兵控制着吊绳，将乌姆尔一点点朝下放。不一会儿，乌姆尔就觉得脚已踏到坚实的尾翼上，他尽力晃动了一下绳索，让那位老兵将尼龙绳保持不紧不松的状态。

科洛吉降落伞上那根倒霉的尼龙绳正挂在乌姆尔的脚边，他毫不犹豫地掏出匕首，嚓地一下把它割断了。

这时，科洛吉一下子失去平衡，在空中翻了几个筋斗，朝地面坠去。地面上的人都惊叫起来："他的腿套在尼龙绳里了！"

说时迟那时快，只见乌姆尔一下子解开拴在腰里的绳子，像跳水一样从尾翼上直朝科洛吉方向扑过去。不一会儿，他就在半空中抱住了新兵的腰，同时揿动了自己的开伞键。

呼的一声，乌姆尔背上的双料伞包打开了，一顶大型降落伞及时撑开，立刻减缓了他们坠落的速度。

科洛吉一下子也回过神来，在乌姆尔的帮助下，将腿从缠住的尼龙绳里脱了出来。这时，两顶降落伞分了开来，老兵乌姆尔笑着对科洛吉说："你再独自感受一下跳伞的乐趣吧！"

怒斩章鱼

　　1899年6月的一天下午，一艘名叫"迭戈"号的货船平稳地行驶在大西洋上。海面上风平浪静，阳光把远海、近海镀成几种不同的色彩，神秘而又迷人。

　　年轻的水手比尔第一次跟着海轮漂洋过海。每天这个时候，他都站在甲板栏杆旁眺望海洋，欣赏追逐着货轮的群群鸥鸟，不时将手中的面包屑抛撒下去。

　　谁也没有想到，正在比尔感到无比幸福的时刻，一根灰白色的"肉绳"顺着船舷爬了上来，不断悄悄地延伸，不一会儿，竟偷偷地来到了比尔身后。

　　原来，这是一条大章鱼的一根布满吸盘的触手。这条大章鱼是趁货轮搁浅在珊瑚礁时，从栖身的岩洞里爬出来，吸附在"迭戈"号左舷的船体上的。它看到了飞翔的海鸥和胖乎乎的水手比尔，决定使出它的杀手铜了。

　　比尔刚扔出一把面包屑，忽然闻到一股强烈的腥味。因为海风是从身后吹来的，他下意识地回头一望，不禁大吃一惊：他的眼前，有一条胳膊粗的长东西高高举着，上面有无数个蠕动着的吸盘，正扭动着向他卷来。他惊慌地朝右边一跃，但那触手像是长了眼睛似的，跟着朝右边一卷，一下子缠住了他的小腿，立刻抽得紧紧的。

　　比尔这时才弄清这怪东西是大章鱼的触手，吓得一边紧紧抓住铁栏杆，一边高声呼救。

　　货轮上难得的宁静马上被打破了，水手们全都跑上甲板。只见比尔的身体被一寸一寸拉向海面，他的双手剧烈地颤抖着，满脸恐惧，眼看要抓不住那被扯得变形的栏杆了。

　　情况万分危急！船长西恩特见多识广，他叫了一声"章鱼"，就一个前滚翻。抓起甲板上的中号缆绳，迅速打个活结，呼地向比尔抛过去。绳套正好套中了刚松开手的比尔，如果晚一秒钟，他就被章鱼拖下海了。

西恩特真为比尔捏了一把汗，他向身后狂吼一声："跟我一起拉！"水手们立刻纷纷抓住缆绳，拼命往后拽。

一分钟，两分钟，比尔的双腿被拉离开水面，但马上有一条更粗的触手缠上来，一下子裹在他的腰上，紧接着，大章鱼那灰白色的圆脑袋也露了出来，一张鹦鹉样的角质巨嘴向上喷着腥臭的黏液。

西恩特船长从没与章鱼这么近地打过交道，他抹了一下脸上喷到的黏液，不禁一阵心惊胆颤。说实话，他经验虽丰富，却并不知道章鱼的这种黏液有没有毒，有没有腐蚀作用。他看到年轻的比尔已被章鱼的触手缠得窒息昏迷过去，立刻大声喊道："大家抓紧点，我用长矛来刺这鬼东西！"

说完，他跳到附近的工具舱旁，抓起一根长矛，又冲了过来，猛地朝章鱼刺去。

谁知，章鱼又挥动第三条触手，一下子就缠住长矛，把它从西恩特手中夺了过去。

西恩特立刻以迅雷不及掩耳之势抽出身上的短刀，对水手们喊道："它的三条触手伸上来了，大家快拉！"

水手们一阵齐喊，猛地把比尔的身体拖上了甲板，章鱼只有另五条触手缠住船底，一时无法抵御水手们的蛮力，竟也随着被拖了上来。

西恩特趁章鱼的那五条触手还没伸向甲板，立刻嚓嚓嚓几刀，将缠住比尔小腿和腰部的两条触手都斩断了。这时水手们一阵欢呼，把昏死过去的比尔救回身边。

那条穷凶极恶的章鱼似乎还不甘心失败，又将第四条触手伸了上来，但马上被西恩特毫不客气斩了一刀。这时，大章鱼又喷出了一大股腥臭的黏液，抓住长矛的触手痉挛了一下，竟将长矛横着向人群扔了过来。

西恩特船长叫了声"注意"，见长矛没伤着人，就又勇敢地冲上前去，挥刀去斩这条没受伤的触手。

这时，大概章鱼也感觉到无法挽回败势，一下子将伤残的触手都缩了回去，轰隆一声，坠向深深的海底。

恐怖的小楼

黄昏，在伦敦的一家酒吧里，几个人聚在一起不着边际地谈天说地。

说着说着，有人提出打赌：谁敢到郊外的鬼屋斯特拉斯城堡住上一夜，就输给他100镑。年轻气盛的瓦伦蒂借着几分酒气，拍着胸脯要去一试。

深夜10点，北风呼啸，天气寒冷。瓦伦蒂驾着车子来到了这幢所谓的鬼屋。夜幕中，屋子像一头怪物蹲在山腰间，四周充满了阴森的鬼气。

瓦伦蒂虽是个不信邪的人，这时身子也不禁微微发抖，刚才醉醺醺的酒劲早已一扫而光，他有些后悔自己的冒失。"别怕！世上哪有什么鬼！"他在心里鼓励自己，同时迈开大步向山上走去。

刚走到铁门前，瓦伦蒂忽然觉得有什么东西在碰触他的后颈，他的心不禁一阵狂跳，陡地反手向后颈抓去。啊！原来是爬山虎的枯藤在拂来拂去。

他甩掉枯藤，顺手推开早已上锈的铁门，门"吱吱呀呀"地开了，像是一个垂死的人在呻吟。

瓦伦蒂迟疑地走进去，一拉开关，顿时满屋生辉。屋内陈设既古典又豪华，只是很久没有人住了，到处是灰尘和蜘蛛网，空气中夹杂着一股霉味。"希望今晚能平平安安地度过！"瓦伦蒂心里暗暗祈祷。

夜深了，一切依然平静。瓦伦蒂的紧张感渐渐地消失了。他走进书房，坐在沙发上，打算闭上眼休息一会儿。

突然，他被一种怪声惊呆了！这声音好像就在楼梯口，"笃笃"之中夹着阵阵喘息，像是一个扶杖的老者，一步一步地朝二楼书房走来。

瓦伦蒂呆若木鸡，约有三四秒钟，他猛地跳起来，一步冲了出去。就在他疾步走向二楼楼梯口时，那喘息声和"笃笃"声消失了，像是进入了二楼的一间房子。瓦伦蒂紧张地大喝一声："什么人？"

没人回答，却从楼下房间里传来"嘿嘿"的冷笑。瓦伦蒂用极快的速度冲下楼，房里空荡荡的，他沉不住气了，抓起身旁的椅子，吼道："什么人，快出来！"

"出来！出来——"他的叫声引起一阵回音。回音刚停，这时，头顶上却又传来一种怪声，像是穿皮鞋的脚在楼上某个房间不断兜圈子的声音。

瓦伦蒂飞快地冲上楼，在楼梯口他又听到那种喘息声，还夹杂着几声咳嗽。他顿时紧张得浑身发抖。这些声音清清楚楚，却不知从哪儿发出的。

一时他觉得身边有许多看不见的鬼魂，在歇斯底里地吆喝着、喘息着。

瓦伦蒂想叫，却感到喉咙被什么东西堵住似的，难以发出声来。就在这时，各种声音更响了，有可怕的呻吟声，撕心裂肺的哭喊声，还有一些古怪的声音。

瓦伦蒂头都要炸了，他感到天旋地转，一转身跌跌撞撞地冲向大门。"扑通！"他跟进来的一个东西撞了一下，一屁股跌坐在地上，他失声大喊："鬼！鬼！"

那鬼突然说话了："请镇静！先生，我不是鬼，是人！"

瓦伦蒂感到自己有些失态了。可不是，分明是年轻的小伙子，自己却把人家喊作鬼。他感到自己的脸在发烧，幸好夜里天黑，小伙子看不出来，否则，一向以胆大自居的瓦伦蒂非找个地缝钻进去不可。

原来这小伙子是这户房主的后代，就住在离这儿不远的地方。他几乎每晚都来这幢鬼屋，想早日揭开这儿怪声的奥秘。

恐怖的怪声又响起来，像是几个男女在呻吟、哭泣。瓦伦蒂有小伙子陪同，胆量大了许多。

小伙子悄声说："在所有的声音里，这算是最恐怖的了，我也听到过许多次。"

两个人开始循着声音在屋里搜索起来，但仍是一无所获，怪声究竟是从哪儿发出的，显得是那么扑朔迷离。时间一长，两人刚进来时的那股勇气已经消失了大半，心里都各自打算离开这个地方。

突然，扶杖老者的怪声又响起来了。瓦伦蒂敏感地说："这声音你听过吗？"

年轻人不经意地说："我不仅听过，还作过统计。怪声共有25种，每次周而复始……"

瓦伦蒂一下子跳起来："机械！一定是机械发出的声音！"他提出捣穿一堵墙看看。小伙子有些犹豫，因为祖先有遗言，不能把房子搞坏。

瓦伦蒂笑起来："活人怎么能被死人束缚呢！"他找来工具，在二层一处发出喘息声的房间墙壁上捣开一个洞，里面是许多齿轮和不规则的机器在缓缓转动，铁块之间的摩擦发出各种各样的怪声。

机器的旁边有一张羊皮，上面写道："到了子孙们不相信鬼怪，而且不再将祖先的遗言当作法律一样来遵循的时候，社会就进步了。"

年轻人如释重负地叹道："这个秘密发现得迟了点。"瓦伦蒂笑道："迟是迟了点，但总算揭开了谜，说明我们正在进步。"

"闪电"行动

第二次世界大战期间，德国情报部门截获、破译了一份密电：英国首相丘吉尔三日后将赴梅尔什姆美国盟军基地视察。德军情报总部头目希姆莱立即召开秘密会议，制定了刺杀丘吉尔的"闪电"行动计划，并决定由出类拔萃的军事间谍施坦因纳中校执行这项特殊任务。

第四日傍晚，大雨滂沱，四野烟雨弥漫。一个奉命前往梅尔什姆美军别动队总部送信的英国通讯兵途中修理摩托车时，头部突然遭到枪托猛击，一下子便昏死过去……几分钟后，施坦因纳将通讯兵尸体藏在公路旁灌木林中，他穿戴上英军通讯兵的全部装备，驾驶着摩托车，冒着大雨向美军别动队驻地梅尔什姆急驰而去。

这时，美军别动队总部凯恩少校已接到中央情报局急电："闪电"已经开始行动。凯恩少校心中万分焦急，立即火速赶到丘吉尔视察盟军基地的住所，并向随行的英军情报官考克伦上校通报了上述情况。凯恩少校亲自负责布置警戒，保卫丘吉尔首相的安全。

夜晚8时，暴雨如注，雨幕中的梅尔什姆大厦灯火迷离。施坦因纳在门口停下摩托车，取出信件对门岗说："这是送给英军情报官考克伦上校的公文。"两位美军警卫验看信件后，便拉开大门，指了指东侧一座白色的大楼，让他进去了。施坦因纳径直向白色大楼走去，行至路口小花园时，突然两支冰冷的枪口抵住了他。他镇定自若地掏出公文，用纯正流利的英语说道："这份紧急公文，必须面交考克伦上校。"施坦因纳顺利闯过暗哨盘问后，便大摇大摆地向丘吉尔下榻的B座白楼走去。当他跨上阳台阶梯时，闻到了一股优质哈瓦那雪茄特有的浓郁香味。施坦因纳抑制不住心头一阵狂跳，他知道丘吉尔首相特别爱抽哈瓦那雪茄。施坦因纳轻捷的脚步声已惊动了首相，凝神沉思的丘吉尔警觉地蓦然转过身来，盯着这位不速之客。丘吉尔首相沉静地从唇边取下雪茄，脑际如电石火光闪过英

38

国情报资料中一个德国高级间谍的相片。丘吉尔脸露微笑，幽默地说道："雨夜光临，一路辛苦了。我想你是德国情报总部大名鼎鼎的施坦因纳中校吧？作为一名军人，我很欣赏你的胆略与勇气。"旋即，丘吉尔给施坦因纳倒了一杯威士忌酒，动作十分优雅、潇洒。四目对视，施坦因纳见对方睿智的目光竟是如此的沉静，颇感到惊诧。丘吉尔出奇的沉着镇静和卓尔不凡的风度使他感到茫然失措。施坦因纳迟疑地说道："丘吉尔先生，我对此只能感到十分遗憾！本人虽然非常佩服你的气质风度，但作为军人，我必须执行命令。"丘吉尔神态自若地回答道："既然你奉希姆莱命令行事，那么你还等什么呢？"

施坦因纳举起了毛瑟枪正对着丘吉尔，在这千钧一发之际，法国式窗户的帘子突然如卷起的巨浪，早已埋伏守候在里面的凯恩少校越窗而下，迅疾扣动扳机，子弹击中了施坦因纳的右臂，又开了一枪，子弹打中了他的心脏。施坦因纳应声倒地，他的右手还紧握着那支毛瑟枪。

凯恩对丘吉尔说："首相先生请原谅！让您受惊了。我怕影响您的休息，所以事先没有向您报告。"丘吉尔笑答道："你做得很好！如果让我事先知道，这场戏就不会那么惊险刺激又幽默风趣了。"接着，丘吉尔看了看地上的尸体说："真奇怪，他的手指已经扣在扳机上了，但在最后一刻他却犹豫了。不管怎么说，作为军人，他是一个勇敢的人。少校，他的丧事请多关照。"

征服达尔维大冰瀑

英国有两个喜欢冒险的好朋友，一个叫巴尔，另一个叫汉斯。他们听说攀登冰瀑风险很大，便来了劲头。他俩准备了一些攀登冰瀑的必需品，就向世界上最难攀登的达尔维大冰瀑进发了。

达尔维大冰瀑在夏季是个大瀑布，一到冬季，表面先结上薄薄一层冰，以后冰层越结越厚，就形成了像自天而降的冰的爆布。要想攀登上去，可不是件容易的事。

巴尔和汉斯找到了大冰瀑。他们穿着带有12根钢刺的金属登山鞋，手握带锯齿的弯形破冰斧，在相距不远的地方各自开始往上爬，雄心勃勃地要争个高低。

汉斯爬的一面冰瀑上有不少冰洞，就像天然的阶梯一样，用破冰斧向上面的冰洞一勾，人很快就攀上去了。但巴尔攀登的那面却是很厚的冰层，每前进一步都必须用螺旋钢钎打进冰层，攀登十分艰难。山风吹起的冰屑，扑打在巴尔的脸上，火辣辣地疼。他忍受着，一个劲地向高处攀。当他爬到冰瀑中部，正想休息一下时，突然听到上面"咔嚓"一声，接着是一阵乱响。他抬头一看，在他上面的汉斯跌在一块倾斜的冰面上，像坐滑梯一样飞快滑出去，一下子垂直下落100多英尺，在巴尔的视野里消失了。

巴尔急得大叫起来，可是冰瀑下没有人回答。他开始向下爬，准备去救汉斯。从冰瀑上面爬下去，比往上攀登更加危险。正在这时，下面传来汉斯的叫嚷声："巴尔，别爬下来，太危险了！我没事，只是脸上划破了点皮……"

巴尔停住脚步朝下望去，只见汉斯站了起来，又向上爬了。巴尔放心了，又朝上开始攀登。爬了一会儿，他发现上方的冰瀑很薄，冰瀑下的水流很急、很大，隔着一层薄冰发出震耳欲聋的声音。从这儿上去，危险太大。但巴尔觉得这是个更好的冒险机会，他准备接受这个挑战！

他举起破冰斧，找准一个位置，轻轻一敲，破冰斧就戳进只有半英寸厚的薄冰里。里面流水正不停地冲击着长满青苔的岩石，巴尔甚至闻到了青苔发出的那种淡淡的甜味。他用力拉了拉破冰斧，觉得薄冰还算坚硬，就开始继续往上爬。登山鞋上的钢刺每戳一次，都发出一阵薄冰要破碎的嚓嚓声。但巴尔不慌不忙地慢慢向上移动，像蜗牛那样贴着薄冰向上爬。

这时，脚下传来汉斯的叫声："巴尔，那儿太危险，换个方向吧！"

巴尔没有回答。他不能分心，集中精力向上攀登，就是最好的回答。他又一次举起破冰斧，向上一击，戳进薄冰，然后缓缓地抬起右脚，让鞋的前部伸进冰洞，再把身体重心向上移动。他一步一步，贴着薄冰向上攀登。不久，巴尔发现上面的冰层由半透明变成乳白色，冰层越来越厚，胜利就在眼前。他鼓足勇气，用螺旋钢钎钻着厚冰，凿出脚踏的冰洞。

突然，"咔嚓"一声，螺旋钢钎四周的冰裂开了，"哗啦啦"，拳头大小的冰块纷纷散落下来，声音就像打碎了一件大瓷器一样。他的一只脚突然落空，身子失去平衡。登山鞋的钢刺在脚下的冰里挤得吱吱响。他急忙抓住身边一根突出的冰锥，好不容易才稳住身子。这时，他听到刚才弄碎的那些冰块形成的一股碎冰落入万丈深渊时发出的轰隆巨响。

巴尔再也不敢放松警惕了。他慢慢地，小心地转动螺旋钢钎，在坚冰上钻出一个又一个洞，一步步向上攀登。

当他到达冰瀑顶点时，夜幕降临了。他靠在冰冷的石头上，注视着汉斯头盔上的灯在冰瀑上摇晃闪烁。他放下一根绳索，但汉斯摇摇手，不肯抓住绳索。他正在翻越一朵大冰花——一堆凸起、绽开的冰瀑，灯光使冰花放射出奇异的光彩。

没有多久，他俩互相紧握双手，站在山顶。他们都觉得这次冒险真如梦幻一般美妙。

瞎女智斗毒贩

英国伦敦住着一位摄影师，名叫阿尔勒，他的妻子是个双目失明的瞎子，叫苏丝曼。苏丝曼的眼睛虽瞎，但其他器官的感觉却特别的灵敏。

有一次阿尔勒刚坐飞机回来不久，就又拿着照相机出门摄影去了，留下苏丝曼一个人在家里。苏丝曼觉得很无聊，就拿起扫帚打扫起房间来。这时候，门铃响了，苏丝曼丢下了扫帚去开门。

来人很爽朗地自我介绍着："太太，你好！我是您丈夫的老朋友，叫哈特，今天路过这儿，特地来看看。"说着，他的目光在屋里来回地扫视着。

苏丝曼信以为真，热情地把他让进屋里，嘴里说道："我丈夫出去了，你在这里坐坐，请随便，我去为你倒杯咖啡。"说完，就进了厨房。当她端着咖啡从厨房出来时，听见屋里有翻东西的声音，这声音正是从哈特那边传来的。苏丝曼忙惊奇地问道："哈特先生，你在找什么？"

哈特的手一哆嗦，心里暗想：想不到这瞎子跟长了眼睛一样，这么灵敏。脸上忙荡起笑容，说道："噢，没什么，我想看看上次和阿尔勒合影的照片冲出来没有。喏，现在找到了！时间也不早了，我也该走了，太太，再见。"说着，他弯下腰假装从地上捡起一张纸，没等苏丝曼说话就匆匆离开了。

苏丝曼觉得这人真奇怪，摇摇头，又继续打扫她的屋子。不一会儿，门铃又响了，她又开了门，只听门外的人问道："太太，请问刚才我父亲哈特有没有来过？"

苏丝曼心里想：原来是小哈特啊。忙回答道："来过，刚走没一会儿。"

小哈特又问道："上次我父亲托阿尔勒先生捎回来的一个布娃娃在哪儿？"

苏丝曼仔细想了想，丈夫上次回来，是带了一个布娃娃，她刚才打扫卫生的时候，还顺手把它放进了洗衣机里。想到这，她便对小哈特说："跟我来。"说完，转身进屋，小哈特也就跟着进屋。忽然，她感到有些不对劲儿，因为这小哈特的脚步声跟他父亲的一模一样，而且连说话的口音也相同。苏丝曼不禁放慢了步子。她想起了刚才哈特翻东西轻手轻脚的，还说从地上找到了照片，可那地方，自己刚扫过，怎么会有照片呢！想到这里，苏丝曼越来越觉得蹊跷，她停下了脚步，回过头来无奈地耸耸肩说道："我实在不知放在哪儿了！"来人听了后气得咬牙切齿。可是又没有办法，只好无奈地走了。

原来，"小哈特"和他的"父亲"是一个人，是个贩毒组织的成员，他来到苏丝曼的家是要找到那个布娃娃里面藏着的大量的海洛因。上次毒贩子怕上飞机时通不过海关的检查，便托同机的阿尔勒把布娃娃带到了伦敦，然后让哈特想办法把布娃娃偷出来，没想到让苏丝曼给识破了。

这时，天已慢慢黑了下来。苏丝曼连忙拿起电话，把刚才发生的事报告了警察。正说着，又响起了撞门声。苏丝曼顿时明白了：哈特并没有走，他一直都躲在门外偷听。眼看门就要被撞开了，她突然灵机一动，拿起扫帚头把灯泡给敲碎，又抓起丈夫洗照片用的强酸药水，一猫腰，躲在了书桌的后面。

门砰的一声被撞开了，哈特拿着匕首闯了进来，他因为没能骗过一个瞎子而十分恼火。屋子一片漆黑，他想都没想，就伸手摸着寻找苏丝曼。可是在这种环境下，哈特就不如苏丝曼了，他简直就是一个睁眼瞎。苏丝曼听着哈特已经慢慢地靠近了，猛地一抬头，把药水向他泼去。只听哈特一声惨叫，苏丝曼趁他在擦脸时，机灵地躲到了冰箱后面。

谁知就在这个时候，电冰箱的马达响了，哈特定了定神，开始朝电冰箱摸来。苏丝曼知道他想用冰箱里的灯来看清整个房间。听着脚步声慢慢地接近，她却一点办法也没有。脚步声在冰箱边停住了，哈特猛地拉开了冰箱的门，透过橘黄色的灯光，他看到了缩在地上的苏丝曼，他一阵冷笑，举起匕首刺了过去。苏丝曼听到风声，就地一滚，躲开了刀刃，顺手一用力，把冰箱推倒了。哈特身子一歪，被压在了冰箱下面……

门外响起了警笛声，警察迅速进来逮捕了哈特。这时，阿尔勒也回来了。当他紧紧地抱住妻子的时候，看见她脸上露出了欣慰的笑。

嘴里的毒药

这天，英国伦敦的里卡尔国际机场上，一对夫妇在热烈地拥抱着。丈夫叫卡特，他的妻子安妮马上就要登上飞机，飞往法国巴黎，他是专门来为妻子送行的。飞机就要起飞了，他俩还依依不舍地拉着手。安妮一步两回首地叮嘱丈夫要保重身体。

飞机起飞了。安妮坐在座位上，心里还挂念着丈夫是否能照顾好自己。正想着，突然，行李舱里一声闷响，机身猛地一震，机舱里顿时一片骚乱。她的心也一沉，怎么了，难道飞机出了故障？

这时，空中小姐笑眯眯地站在舱口的过道上，平静地说："亲爱的旅客们，飞机仍在安全地飞行，请大家不要惊慌。为了查找刚才响声的原因，飞机马上要在前方的一个小机场降落，请大家注意！"

几分钟后，飞机平安地降落在机场上。机组人员打开行李舱的门，立刻就闻到一股烧焦的味道。经检查，焦味来自一只炸破了的白色皮箱，从皮箱上的标签上辨认出，这是安妮的。他们马上找到了安妮，问她箱内装着什么物品，安妮看着焦黄的白皮箱，惊讶地说："这不是我的。"说着，她从口袋里掏出两张托运单："我只有两只棕色的皮箱，不信你们看这托运单。"

飞机上的安全人员也很奇怪，忙拿出托运记录册，上面清楚地写着："安妮，两只棕色皮箱，一只白色皮箱。"下面签名是他的丈夫卡特。安妮当场就糊涂了，丈夫就给她两张托运单，却没有告诉她还有一只箱子。她只好冲着安全人员抱歉地耸耸肩膀，实在解释不清这是怎么一回事。

安全人员打开了那只白色皮箱，箱子里有6节电池，4只爆炸过的雷管，还有两卷未爆炸的炸药和一只连着电线的闹钟。忽然，有人失声叫道："天哪，这是自制的定时炸弹！"所幸的是，它的引爆装置已被摔坏了。可能是机场搬运工无意中弄断了雷管上的电线，要不然，客机上的一百多个人早被炸得无影无踪了。显然，这是一起有预谋的毁机事件。

警方立即扣留了安妮，并与伦敦方面取得联系，把安妮的丈夫作为重点调查对象。但这个可口可乐公司的高级职员拒不认罪，表示对什么都一无所知。

警方很快查获了一系列的证据。卡特对安妮一直都不怎么好，前几年曾两次高价雇了杀手来暗杀安妮，都没有成功。最近，他突然变得对安妮百依百顺，十分反常。警方初步估计，卡特可能是打算通过制造这起空难，来骗取安妮的50万英镑的人寿保险。于是，警方向法庭起诉卡特。

安妮怎么也不相信卡特会暗害她。在开庭审判时，她冲上了被告席，疯狂地拥抱着卡特，大声喊着卡特无罪，检察官不得不喝令她退出法庭，不许她旁听。安妮站在法庭外面的走廊上，深情地看着丈夫，她实在太爱自己的丈夫了。当她听到起诉人一个接一个地指证丈夫谋杀自己时，她实在控制不住自己了，失声呼喊着："他是无辜的！他是无辜的！"卡特冷漠地看着窗外的安妮，他实在不明白，自己左一次、右一次地想杀她，她怎么还对自己这么好。人们听着安妮的哭喊，十分同情她，不禁对卡特越来越憎恨。

最后，法官一锤定音，以谋杀妻子和图谋炸毁飞机两罪并罚，判处卡特死刑。卡特听到判决后，沉默了一会儿，要求与妻子见最后一面。

安妮扑了上去，紧紧地抱住丈夫，脸上淌着泪水。卡特默默地捧起妻子的脸，慢慢地吻着她。突然，站在一旁的法警听到卡特咬牙的声音，他们忙扑上去，拉开了安妮。只见卡特眼睛睁得老大，用手指指安妮，想说什么，可没说出口，就倒在了地上。

法警撬开了卡特的嘴巴，只见一颗装有氰化物的假牙被咬碎了。不过，这能立即使人致死的毒药，最终还是没有送进安妮的口中。

一往无前的尼克

英国前首相丘吉尔，生前建立了一个旨在鼓励青年到国外探险、磨炼意志的基金会。想得到基金会资助到国外去探险的青年，必须向基金会提交自己的探险计划书，若是探险计划得到基金会多数董事的同意，就能得到一笔数量可观的现金资助。

1981年，有1400名青年提交了探险计划书，经过董事会讨论表决，有14位青年的计划得到批准，23岁的尼克，便是其中的一位。

尼克的计划是：沿着古丝绸之路，从欧洲徒步到中国。他提交的计划使董事会的成员吃惊：古丝绸之路沿途有无数天然险阻且不去说，如今两伊边境摩擦加剧，战事正在升级；苏军开进了阿富汗，阿富汗境内炮火连天，在这样的情况下，沿着古丝绸之路徒步到中国去实在是太危险了。正因为他的计划最有冒险精神，得到了董事会成员的一致同意。

尼克得知自己的计划被批准，十分兴奋，开始作徒步旅行的准备。既然是步行，携带的东西就不能多。为了轻装上路，他只在旅行包里装了少量的替换衣服、折叠式帐篷、轻便睡袋、照相机等物品。一个星期之后，他从伦敦乘飞机来到欧洲的伊斯坦布尔。略事休息了两天，他便踏上了前往中国的古丝绸之路。

起初的一段路，走得非常顺利——虽然有些高山大河挡住了他的去路，可这些天然障碍对他来说根本算不上什么。当他到达土耳其边境时，当地的官员告诉他，前面正在交火，通过交战地带实在危险。那位官员好心地劝告他：最好先在这里呆些日子，等到战事稍平时再继续前行。尼克坚决地摇摇头，说："越是危险的地方越能磨炼自己，我不能在这里等待。"那位官员听了他的话，十分钦佩，立即给他开具了证明，让边防部队给他放行。

刚到边境线，库尔德人与伊朗政府军又接上了火，一时间，枪声大作。尼克所处的位置，正好在库尔德人与伊朗政府军之间，双方的炮火、子弹都从尼克的头顶飞过。

尼克匍匐着前进，躲避枪炮的袭击。没过多久，他被伊朗政府军发现了，伊朗政府军以为他是库尔德人，集中火力向他射击；好在库尔德人也以为他是自己人，用猛烈的炮火压住了伊朗政府军的火力。尼克乘机跃起，拼命地飞奔，一直钻进山坡上的丛林，他才靠在树上不停地喘着粗气。他略略检查了一番，携带的物品一件也没损坏，只是衬衣的袖口和裤管上各有三个被子弹射穿的洞。

尼克正在暗自庆幸，冰凉的枪管抵住了他的后颈，他知道无法逃脱，只得举起了双手。

伊朗政府军的士兵把他押到司令部，一名上校立即对他进行审讯。上校发现他是英国人，立即找来了一名翻译。审讯的结果是尼克意想不到的。那位上校听完他的叙述，审查了他的护照和沿途各国的签证，竟然对他肃然起敬，为他开了张特别通行证，命令部下为他放行。

横越伊朗全境，尼克到达了伊朗、阿富汗的边界。当时阿富汗已成为战火弥漫的战区，阿富汗当局不允许苏军以外的任何外国人自由通行。

尼克来到阿富汗的边防哨所，被哨所的军官挡了回去。他历尽了艰险方才来到西亚，难道这次探险旅行就这样半途而废？不行，绝对不行！尼克下定决心，一定要从阿富汗境内偷渡过去。

做好偷渡的准备后，尼克第二次前往阿富汗边境。在前往边境的途中，他遇上了一位阿富汗难民。这位难民孤身一人逃出，全家还在阿富汗境内的一个村子里，他思念着亲人，打算回到村子里探望妻子儿女。这位难民听说尼克也要前往阿富汗，自愿充当向导，让尼克跟随他同行。

夜幕降临后，那位难民带着尼克在羊肠小道上穿行。突然间，那位难民按住他的肩膀，尼克和那位难民匍匐在地。原来，苏军的巡逻队过来了，要是被巡逻队发现了准没命！直到苏军巡逻队远去，尼克悬着的心才算落下。

这一夜，他俩匍匐穿行了9个小时，躲过了苏军的5批巡逻队。拂晓时分，他们才到达那位难民居住的村子。尼克对那位难民十分感激，要不是由他领路，尼克一个人是无论如何也通不过封锁线的。

到了村口一看，两人都惊呆了，村庄到处是残垣断壁，散发着尸体的臭味。这座原先有几百人的村庄，眼下只剩下二十多个活人。幸存下来的村民看到那位难民，紧紧地和他拥抱。大家含着眼泪告诉他，他的妻子儿女都已死去；他们是跑到村外的山头上躲起来，方才保住了性命。

尼克在这个村子里住了3天，这3天都是在苏军飞机的狂轰滥炸下度过的。当他准备继续前行时，那位难民便替他换上一身阿富汗农民服装，好心的难民怕他被苏军当做外国间谍抓去枪毙。

走了两天，尼克遇上一队阿富汗游击队，便与他们结伴而行。可没走出多远，游击队就被苏军的飞机发现，苏军飞机立即俯冲下来，向游击队轰炸扫射。突然，一名游击队员在他的后背猛地一推，尼克骨碌碌地滚下河床。刹那间，"轰隆"一声巨响，尼克亲眼看到一只胳膊随着泥土石块从他头顶飞过。飞机离开后他爬上河岸一看，那名游击队员已经尸骨无存，地上只留下一摊血迹。

1988年11月初，尼克终于跨入巴基斯坦领土。进入了边防哨所，尼克受到边防军的热情款待。11月中旬，尼克到达伊斯兰堡。巴基斯坦外交部的官员听了他的叙述，破例允许他从红其拉甫山口进入中国。他护照上的巴基斯坦政府的签证号是第一号，表明他是第一个从这个山口进入中国的外国人。

11月30日，尼克终于踏上了中国的土地，巧得很呢，这一天正好是丘吉尔的生日。好客的中国边防检查官热情地接待了他，称他是"当代的马可·波罗"。

客机从空中坠落

　　1986年的一天下午，一架英国航空公司的747客机飞临美国纽约的上空，驾驶员透过薄薄的云层俯瞰这个国际大都市的壮丽景色。不料，就在这时，副机长急匆匆地闯进驾驶舱，神情严峻地说："告诉各位一个不幸的消息，我们这架飞机的左面机翼出现裂缝，请大家做好应急措施！"

　　机组人员一听，个个惊得面如土色。因为这意味着等待他们的是突如其来的灭顶之灾。话音刚落，飞机左面机翼发出嘎吱的响声，这说明机翼上的脱焊裂缝在不断扩大。

　　机长这时正用两眼紧盯着机窗外逐渐扩大的裂缝，裂缝处风在嘶鸣，像无数把锋利的刀砍向机翼，随时都会把机翼割下来。

　　"通知地面站，我们飞机遇到了意外情况，无法自救。希望他们做好一切应急措施，飞机正在下降！"机长口述指令，命机组人员向纽约机场地面站喊话。

　　地面指挥塔接到这一消息忙做一团。在它上空，747客机正在等待回答。地面指挥长踌躇地说："不行，这绝对不行，这架飞机在机场着陆，很可能引起一场灾难，机场设施和尚未起飞的十几架飞机有可能遭到撞击。我不同意！"

　　这时，在3000米高空盘旋的747客机，左机翼发出刺耳的呼啸声，已到了最后的关头！机长敏感意识到地面指挥塔内长官们的忧虑，于是，他整了整帽子和风纪，走进宽敞的客舱，强压住心中的恐惧，对乘客和颜悦色地说："飞机已到达纽约上空，请大家系好安全带，飞机就要着陆了。"

　　"吱——嘎——"左翼的裂缝又扩大了。机长提高嗓音高喊："大家注意，不要……要怕！飞机发生故障，请你们快……快拿出纸和笔，给你们亲属写几句话，快！"

飞机客舱里顿时乱作一团，女人的哭声响起来了。可是，没等乘客写下一个字，仅隔几秒钟，左翼下的副机翼被风折断，从空中突然脱落，向机尾方向落去，飞机立刻向右翼倾斜，失去了平衡……

从空中落下的左翼副机翼，重重地砸在戈顿太太的屋顶上，屋顶顿时陷下去一个大窟窿。

这个屋顶下面正是戈顿太太会客的大厅，客厅里围着一圈沙发，沙发前面是一圈环抱舞池的圆桌，就在一分钟前，这里举办的家庭宴会刚刚散席，早走的客人刚从正门走出50米，晚离的客人正巧站在门廊下跟主人道别。如果宴会迟一分钟散席，或是晚离席的人群依旧站在舞池里，那么，这五六十个人必遭飞来横祸，真是庆幸，他们当时都离开了客厅。

留在房内的戈顿太太的侄女苏恩也真走运，几秒钟前，她刚从大厅里收拾好几件杯盘，然后一蹦一跳地走进厨房，站在厨房的窗口跟离去的男朋友送着飞吻，因而躲过了这场劫难。至于殷勤好客的戈顿太太，她正穿梭在门廊下，送走一个又一个宾客，嘴里仿佛有说不完的祝福话。可是，她的喜悦被这天外飞来的"不明飞行物"冲散了，她眼见房顶被戳塌下来，吓得目瞪口呆。

在空中失去平衡的波音747客机从戈顿太太和宾客们的头顶呼啸着掠过，滑向不远处的机场，机身右倾着在飞机跑道上划起一道闪光的火花，接着，机身强烈震荡了一下，竟安全着陆了，机上17名乘务人员和254名乘客安然无恙。

据目击者说，那飞机的副机翼是从离地面350米高的上空落下，在戈顿太太的屋顶上弹了一下，又砸在附近的一辆汽车上。当时，正巧有两名工人朝汽车上装东西，可这3.7米长的碎片从他俩头顶旋转落地时，竟没有伤着他们一根毫毛。人间的巧合真是不可思议！

电话线上的生命

在法国巴黎的摩天大楼里，住着一个叫罗娜的女人。她24岁，孤身一人，虽然有吃有穿，但对生活感到厌倦。

这天夜里，她的脑海中忽然闪出了死的念头，想在这寂静的夜晚结束自己索然无味的一生。用什么办法死呢？她瞥见桌上的一瓶安眠药，便倒了一杯水，把剩下的5片药片咽下肚子。

吃完药，她静静地躺在床上，头晕晕乎乎，趁着那股药劲，用刀割断了左手腕的动脉血管。这时已是午夜0点10分了。

过了5分钟，她感到全身虚弱。她忽然产生了要和别人交谈的念头，想找个人对他说："我马上就要死了！我只想对你讲讲我为什么想死……"

她翻开电话号码本，想找一位远方的朋友，那位朋友在纽约工作。现在纽约正是下午6点，那位叫克洛德的朋友正在工作，而巴黎却夜深人静。

国际长途台把信息传到纽约，接线员收到罗娜的电话，并让她重复3遍"克洛德"，几经周折，才找到那位朋友。他冲着话筒问："你是谁？"

"罗娜！我是罗娜！"罗娜这时才意识到那矗立在纽约的57层的钢筋水泥建筑物是那么遥远。

克洛德感到意外，正准备应酬几句，却听到罗娜用很低的声音说她正在等死："你不必为我做任何事情，只要听着就行了……"

不可思议，简直不可思议！克洛德警觉起来。他结结巴巴地提出几个笨拙的问题："你为什么要这样？你身边还有人吗？"他飞快地思索着：如果马上放下话筒去通知其他人，那悲剧很快就要发生。再说，找谁呢？况且，谁又认识罗娜呢？刻不容缓，不允许再多想了。

克洛德倏地想起在大楼最高一层办公的顶头上司，他是个热心人，会帮助他的。他急忙抓起邻桌的电话机。

电话接通后，克洛德大喊："老板，快下来，这儿有一件可怕的事，快！"

老板亨利乘电梯下来了。

克洛德一面说明情况，一面保持和罗娜的对话，既和罗娜讲法语，又和亨利讲英语，这的确太难了。他灵机一动，拿起桌上的白纸，用电报语言把情况写下来。亨利领会了，并作了书面回答，他要弄清罗娜的地址，尽快报告警察局。此刻，巴黎时间是0点40分。

罗娜支持不住了，她已听不清对方的问话。足足拖了5分钟，克洛德才从她嘴里套出了她住的街名和门牌号码。克洛德忙把地址写到一张纸上，亨利立即用电话向纽约警察局呼叫，并希望给予抢救。

接电话的警察戈尔东听了汇报，很快明白了一切。他急切地告诉亨利，一定要保持和自杀者通话，不要中断，防止姑娘昏迷过去；和她讲什么都行，关键是让她坚持住。亨利的任务是继续听电话，随时传送有关情况。

现在纽约已是下午6点55分了，巴黎时间是0点45分。罗娜的生命系在一条长长的电话线上。这条线路通过卫星、海底电缆和世界各地相连。

戈尔东直接与大西洋通讯站通话，他想通过与海底电缆连接的通讯站和罗娜所在的城区警察局通话，可电话一直占线。戈尔东急得头上直冒汗。

无可奈何，他只好向情报局求援，试图得到国际情报组织电话系统的帮助。

一个叫约瑟芬的接线员接到了戈尔东的电话，很快明白了一切。凭着熟练的技术，她在密如蛛网的线路上寻找到一条可行的线路。希望找到了！她立即扳动开关，让电讯越过大洋直通法国情报局。这时的线路一头是戈尔东，另一头却碰上一位操着浓厚地方法语口音的电话员，一句英语也听不明白。约瑟芬心急如焚，一边监视着自己的线路，一边对话筒喊："紧急！紧急！请接法国警察局……"

在约瑟芬的帮助下，那位操地方法语的电话员很快向两条线路寻找援助。3分钟后，她找到了一位会说英语的同事来与戈尔东通话。

巴黎时间已午夜1点40分。

罗娜依然在和克洛德通话，她的声音逐渐微弱，断断续续，上气不接下气。克洛德马上把情况转告给亨利，再由他转告戈尔东，戈尔东又转给约瑟芬，约瑟芬再转给会讲英语的法方电话员，然后由法方电话员直接把话传给法国警察急救站。

救护车鸣着警笛开到罗娜的楼下，一束光亮照到五层第八扇窗口。

在纽约那幢大楼上，克洛德双手捧着电话听筒，听筒里传出一阵砸门声、骚动声以及汽车的鸣笛声。

一位不知名的警察在电话里发话了："她还没断气。会好的，一切都会好的！你们可以挂断电话了。"

在一个钟头里都悬在这条纽约至巴黎的电话线上的7颗紧张跳动的心，这时才怦然落下。

隐约，还听见约瑟芬的最后半句话：

"转告那位法国姑娘，明天是美好的！"

电话挂上了。

虎口脱险

查理是法国贝尔特公园的饲养员，他所喂养的是一只性情温顺的母老虎，他给它起了个名字，叫银嘉。它还多次为电视台拍过广告片，可听查理的话呢。

这天中午，查理像往常一样，提着一大桶食物来给银嘉喂食。银嘉看见他兴奋得直蹿。它的胃口可大了，一顿要吃好几只鸡和几大块肉。查理一边开着笼门，一边笑着说："饿坏了吧，宝贝。"说着，打开了笼门，走了进去，将大块大块的肉抛在地上。银嘉迫不及待地扑了上来，贪婪地撕咬着，喉咙里发出"呜呜"声。见它饥不择食的样子，查理爱怜地轻轻拍了拍它的头，理了理它那金黄色的毛，柔声地说："别急，宝贝，这全是你的，慢慢吃。"

突然，银嘉猛地抬起头，两眼死死地盯着查理，目光充满了敌意，喉咙里还发出低低的咆哮。查理一惊：怎么了，它可从来没这样过啊！他极力压抑住内心的恐惧，故作轻松地用手抚摸着它，脸上挂着微笑，轻轻地说道："银嘉，吃吧，吃吧。"说着，另一只手拿过一只鸡慢慢地放在地上，想分散它的注意力。银嘉根本就不睬他这一套，用爪子猛地一划，查理大叫一声，手缩了回来，手上被抓了一道深深的口子，鲜血向外直淌。

鲜血的流淌似乎更增加了老虎的野性，银嘉一声大吼，扑了过来，两爪狠狠地搭在查理的肩上，查理向后直倒，他知道银嘉发狂了，自己现在有生命危险。

这时，他已被银嘉逼到铁笼边。他刚想抬腿踢老虎的腹部，银嘉已抢先拍了他一巴掌，查理像沙袋一样，从铁丝网的一头滚到了另一头。

查理歪歪倒倒地爬了起来，他扶着墙冲老虎大声地喊着："趴下！趴下！"可银嘉两眼发红，根本不理睬他，仍旧扑了过来，看样子它是非咬死查理不可。

　　查理一转身，躲了过去，他知道只有逃出铁笼，才能不葬身虎口。他正想往外跑，银嘉好像已经知道他心里在想什么，虎尾一扫，查理猝不及防，直挺挺地倒在了地上。银嘉迅速转过身，张嘴就咬。

　　查理就地一滚，老虎又跟了上来。他的头脑顿时一片空白，混乱中两腿乱蹬，刚好端在老虎的额头，踢得它直晃脑袋。但这并没削去银嘉的锐气，反而使它恼羞成怒，把前爪狠狠地打在查理的腿上。

　　查理痛得差点没昏过去，他觉得腿就像被打折了，动都动不了。银嘉趁势一口咬住他的腿，锐利的虎牙深深地扎进他的腿里，他一声大叫，仿佛心脏都停止了跳动。他拼命地挣扎着，双手不停地捶打着银嘉的脊梁，他已感到绝望了。

　　挣扎中，查理的手忽然碰到了挂在铁笼上的移动水龙头，他用力拽了下来，猛地扭开上面的开关，对着银嘉没命地冲了起来。银嘉被水冲得打起喷嚏，松开了口，并直往后退。

　　查理一手拿着水龙头，一手吃力地向门口爬去。银嘉退到笼子边，可能被冷水冲醒了头脑，刚才的野性全没了，低声地呜咽着，好像什么事都没发生过。查理爬出笼子，马上锁上了笼门。

　　动物园的管理员们闻声而来，见查理满身血淋淋的，忙问是怎么回事，查理迷惑地直摇头："平时它温驯得像只猫，今天也不知怎么回事，发了疯。"

　　身后的一名管理人员忙说道："一定是因为前两天它的儿子死了，情绪不太稳定，拿你来泄愤！"

　　查理顿时恍然大悟，对呀，怪不得它会这样呢！他扭头看看趴在墙角的银嘉，暗自庆幸自己捡回了一条命。

最危险处最安全

1944年，是第二次世界大战最关键的一年。德国法西斯已经感到失败日渐逼近，但还是作着垂死挣扎，他们严密监视着加莱海峡对岸的动静。希特勒坚信，只要英美联军在法国海岸的登陆行动被挫败，他的第三帝国之梦还能继续做下去。

事实也确实如此，只有在法国海岸上打开一个突破口，英美联军的进攻才能向整个欧洲展开，而与法国毗邻的德国本土，也会受到致命的威胁。为此，英美联军多次派出空降兵深入法国纵深地带，建立秘密通讯点。

这天深夜，美军109空降师的胡佛少尉和几名小伙子组成突击队，被派往诺曼底地区跳伞着陆。当飞机深入法国领土近50公里时，驾驶员看清了地面上有一堆十字形柴火，就对突击队员们说："目标出现，抓紧跳伞！"

飞机盘旋着降低飞行高度，突击队员们纷纷跃出机舱，在夜幕中打开降落伞。但是，就在此时，地面上刷地亮出几十支探照灯，高射炮和高射机枪齐鸣，飞机在空中被炸得粉碎，突击队员们成了活靶子，身体被各种枪弹打得像蜂窝，只有胡佛少尉因为发生降落伞故障，提早穿过了密集扫射区，挂在一棵松树上侥幸逃生。

但是，负责围歼突击队员的德军宪兵还是发现了胡佛少尉的去向。他们扑进松林，找到了留在树顶上的降落伞，就朝附近一座孤立的农舍扑了过去。

不出所料，胡佛少尉是朝这座小农舍跑去的。他在松树顶上割断降落伞绳后，一眼就看中了这座带果园的农舍。他相信，这么小的地方，不可能驻扎着德军，它的主人一定是善良的法国农民。

他跑到农舍前，急促地敲起门来。房门应声而开，一位30岁左右的法

56

国妇女惊讶地望着他，一时不知所措。

胡佛少尉急忙说："我是美国伞兵少尉胡佛，德军正在追捕，你肯让我进来躲藏一下吗？"

农妇点点头，把他带进屋里。这时，农妇的丈夫也跑出来了，他热情地对胡佛少尉说："美国兵，我们正等着你们来打德国鬼子呢！"他打开一只大橱，让胡佛躲了进去。

不一会儿，德军宪兵就在外面狠狠地敲起门来。那位农夫揉着眼跑去开门，马上被一个宪兵打了一枪托，骂道："刚才还看见亮着灯，怎么一下子就睡不醒了？搜！"

宪兵们一眼就注意上了大橱，猛一拉，胡佛少尉只能举起了双手。宪兵队长一把揪住那位农夫，一枪把他打死了。农妇扑到丈夫的尸体上，伤心地大哭起来。

这时，宪兵们为如何处置这名美国伞兵发生了分歧。有的主张立即杀死他，有的认为他是惟一的活口，应该把他带回总部。在他们的争论中，胡佛听到了一个熟悉的名字，那人是今天行动的内应，是他出卖了他们。

宪兵们争执不下，决定把胡佛先关在后面一间屋子里，请示了上司再说。

胡佛少尉仔细打量那间屋子，见长桌上的大钟后隐约有扇窗户，就搬开大钟，踢开封死的窗户，向树林跑去。

宪兵们听见声音，冲进屋子，发现美国伞兵已经逃跑了，脚步声又是朝着树林方向去的，就在窗户口放了一阵枪，然后急忙冲出农舍，朝小树林方向追去。

其实，这时胡佛少尉又蹑手蹑足回到了农舍门口，他坚信，刚才最危险的地方，现在是最安全的。德军宪兵不会相信，他刚从大橱里被抓出来，逃跑后又会躲进那只大橱。

他犹豫地敲了几下门，门又应声打开来了。那位农妇含着眼泪，默默地给他让开路，说："你是不是还想躲进那只大橱？我想，现在它是最安全的地方了。"

果然，德军宪兵根本没想到他会又躲回大橱。

第二天，农妇替他联系上了法国游击队组织，他们处死了那名勾结德军的奸细，很快建成了秘密通讯站。

蛇 拐 杖

玛格丽特小姐从昏迷中醒来，一睁眼，见她母亲坐在病床边，便摇了摇头，把脸转过去。

母亲问："女儿，你好些了吗？"

玛格丽特说："妈咪，你把这衣服换一换，我看了心里发慌。"

这时，母亲才感觉到自己穿的衣服不对，因为这衣服上的花纹是一条一条的，而且色彩相当鲜艳。于是，她立即脱去外衣，对女儿说："是的，我不该穿这种花色的衣服，我把它换了。你现在好些么？"

玛格丽特说："好些，只是心口有时还有些恶心，尤其是见了像你的衣服上的花纹，心里就惊慌！"

母亲说："这是难免的，过些时候就会复原的。你好好养病吧！"

母亲又坐了一会儿，就忙家务去了。

玛格丽特小姐为什么见了她母亲衣服上的花纹就扭过头去呢？因为那些花纹像蛇的皮纹。为什么她见到蛇皮一样的花纹便不舒服呢？原来这里面有一段惊险的经历。

玛格丽特小姐是北爱尔兰人。北爱尔兰有个特殊习俗，每当冬季来临，蛇逐渐进入冬眠阶段时，有人便逮了那些蛇来，圈在笼子里。等到冰封雪冻时，便把这些蛇做成拐杖的样子。他们把蛇头向下掰弯，让蛇颈曲成弧状，把蛇身至蛇尾抹得溜溜直。这样，就成了当地人冬季助行防跌的时髦拐杖。白天外出，携着拐杖走；夜晚回来，便把它倚在门角。到第二年春季，蛇慢慢苏醒了，就会自己爬出去。

漂亮的小姐玛格丽特，这一年买到一根漂亮的蛇手杖。

这手杖，通体呈浅浅的紫色，晶莹光亮，从蛇颈部直达尾部，有菱形白斑联缀；每块菱形白斑的四边都是黄金色，犹如一丝金线；而白斑中央，则有一颗朱砂色小小椭圆点；在小小椭圆点的中央，还有一点极小的宝蓝色小点，真是极为罕见。小姐出重金才买到手。

玛格丽特小姐是豪门闺秀，常常有些名人显宦请她去参加舞会盛宴。每当这种场合，绅士们总是绝口夸赞她的这支蛇拐杖，说它是"上帝特意为绝世美人造的绝世的拐杖"，"这拐杖只有玛格丽特使用，才不算白用"。这些莫名其妙的赞词，恰好满足了玛格丽特的虚荣心，她听了美滋滋地微笑着。

有一次，她的密友珍妮小姐见到了她的蛇拐杖，便郑重地对她说："小姐，这是一种极罕见的蛇做成的，蛇的名儿我忘记了，好像是一种剧毒的蛇，你当心一些好呢！"玛格丽嫣然一笑，说："这么漂亮的蛇，无人不赞美它。即使被它一口咬死，也是幸福呀！"

出于关心自己的挚友，珍妮小姐趁她去解手的时候，把那蛇拐杖偷偷地藏到了舞厅的一架玻璃橱下。

玛格丽特从厕所回来，找不到自己的蛇拐杖了，大为惊讶。她想：在这绅士、淑女们聚会的舞池中，有谁会偷我的蛇拐杖呢！于是，她便让舞厅老板去找。舞厅老板深知玛格丽特是不可得罪的，便立即封了舞厅大门，让雇员们到处找寻。终于，在玻璃橱底下找到了。玛格丽特把舞厅老板训斥了一顿，老板只好低头赔罪。

舞会后，一个看见珍妮藏蛇手杖的绅士把情况告诉了玛格丽特，玛格丽特从此再也不理睬这个昔日密友了。

残冬已尽，春气方动，玛格丽特的蛇拐杖在一个和煦的早晨变成了一条蛇，在精美的地毯上蠕动。玛格丽特看了高兴，心想："它一个冬天没有吃东西了，该是饿了吧。"她便到冰箱中找牛肉来喂它，那蛇就跟在她后面爬着。

玛格丽特小姐是赤着脚在地毯上姗姗而行的，她故意迈着狐步舞的步子，逗那蛇玩。哪知那蛇见脚跟是一块肉，便一挺身，蹿上去一口咬住。她惊叫，踢动，而蛇却咬得坚不可脱。毒液使她抽搐了。

家人忙把她送进医院抢救，珍妮也来看望她。从此她见到类似蛇的东西就惊悸了。

救命的铅沙

1983年3月3日，英国海军部接到"伊丽莎白"号核潜艇沉没在海底地形复杂的蜂窝礁海域的消息，将军们一片惊慌。他们不知道潜艇是否发生了严重的核泄漏，更担心无法将潜艇打捞上来。

考虑再三，他们决定先派出有"深海蓝鲨"美称的"狄更斯"号小潜艇，前往负责调查、定位和系缆打捞。

"狄更斯"号小潜艇上只有两名驾驶人员，一个叫耐辛克，一个叫哈姆吉特。他们是海军军官学校的同学，又一起被派上"狄更斯"号，互相配合默契，多次出色完成任务。

当他们的小潜艇随同巨型打捞舰"莎士比亚"号来到蜂窝礁海域时，海面上风平浪静，波光粼粼，谁也想象不出几百米甚至上千米的海底发生的悲剧。

耐辛克查看了几次核辐射警报装置，发现几公里范围内，并没有核污染的迹象，就向海军部请求下潜调查。他们的请求马上被批准了。但负责这项工作的皮尔金斯中将说："如果下潜过程中发现已有严重核泄漏，你们要立即上浮，并将那些铅沙全部压在核潜艇上方，以阻止继续大量泄漏。"

耐辛克回答了一声"好"，就迅速打开压载舱，让海水通过水闸涌入。小潜艇立刻以每小时三百米的速度向海底下潜。

两小时后，"狄更斯"号小潜艇已到达海底。下潜过程中，核辐射报警器始终没有动静。耐辛克和哈姆吉特心里十分高兴，他们相信，"伊丽莎白"号核潜艇的核装置没有遭到重大损伤。

现在，核潜艇在哪里呢？这儿的海底地形十分复杂，"蜂窝礁"

正如它的名字一样，层岩叠嶂。一不小心，潜艇就会卡在什么角落里出不来。耐辛克和哈姆吉特小心翼翼地驾驶着小潜艇，慢慢向前仔细搜索。

突然，他们发现前方有一道深深的海底裂谷，宽几十米，长度蜿蜒几公里。如果"伊丽莎白"号核潜艇是顺着深谷走向行驶的，它很可能误入谷底，被卡死在巨大的突出岩石之间。耐辛克又仔细地检查了一遍核泄漏仪，发现核辐射没有超出限度，就决定下到深谷里去探寻。他对哈姆吉特说："钻下去的危险性很大，但要完成任务，非试一试不可。你要不要给家属留点话？"

哈姆吉特明白他的意思，就通过无线电请打捞舰向母亲转告"遗嘱"。他和耐辛克说的是一样的话："妈妈，我们爱你，也爱英国。"

"狄更斯"号小潜艇渐渐进入海底深谷，一百米，二百米，三百米，突然前面出现了一个巨大的影子，那正是"伊丽莎白"号！它的前舱撞上了一块突出的海底山岩，大量海水灌了进去，潜艇上的人都遇难了。

耐辛克吩咐哈姆吉特注意观察，他将小潜艇慢慢驶过去，一下子将系有强吸附头的尼龙绳抛射出去，吸附头一下子紧紧吸住核潜艇，有尼龙绳导向，一切都方便了。

但是，当他们开始上浮时，"狄更斯"号出现了一阵奇特的晃动，舱里的耐辛克和哈姆吉特立刻感到头上的浮舱在旋转，指示板上的警灯立刻闪动起来。

这是遇上了海底强回流了！"伊丽莎白"号核潜艇一定也是受到它的袭击才遭殃的！

耐辛克将速度降到零，但仪表中的避撞地声纳还是发出了强大的警告声，扫描荧光屏上出现了一个巨大的黑影，又是一块巨大的突出山岩！眼看着它就要撞裂"狄更斯"号小潜艇上的浮舱了。如果浮舱被撞裂，百分之五十的汽油会流掉，代之以灌入的海水，小潜艇将和"伊丽莎白"号一样，深深地被埋葬在裂谷下面！

耐辛克大吼一声："抛弃铅沙！"哈姆吉特的手早已按在压舱口的开

关键上，用力一按，准备堵塞核泄漏源用的十几吨铅沙立刻一泻而出，小潜艇顿时有了一股强大的上升浮力，摇摇晃晃地擦着那块突出山岩，浮出了海底裂谷。

当"狄更斯"号小潜艇浮上海面，他们又呼吸到新鲜的空气时，耐辛克和哈姆吉特不禁为逃出死神的魔掌而放声大笑起来。

钥匙在哪儿

　　瓦尔尼是英国的一名动物学家，曾多次到美洲丛林里考察。有一次，他无意之中发现了贩毒集团隐藏在密林中的一大片毒品种植园，就把它拍摄了下来，想把这些照片公布于世。

　　这一天傍晚，瓦尔尼的老同学柯尔突然来访，老朋友相见，自然亲热得不得了。瓦尔尼深情地述说着两人童年美好的时光，柯尔心不在焉地听着。忽然，他用力地吸了吸鼻子，问道："咦，你这屋里怎么有股气味？请原谅，这味道实在太难闻了！"

　　瓦尔尼听罢，笑着站起来说："啊，我忘了带你去看我的儿子……"

　　柯尔惊奇地问："怎么，你还有儿子？"

　　瓦尔尼摆摆手："是个野小子，你跟我来就知道了。"说完，他拉开了房门，柯尔好奇地跟着他走了进去。还没走两步，就有一声咄咄逼人的呼啸，伴随着野兽的恶臭向他们迎面扑来。柯尔吓得直后退，他定睛一看，见一只棕黄色的美洲狮在铁笼子里狂跳着，扑打着笼子的铁格栅。

　　瓦尔尼介绍道："三年前，它的母亲被偷猎者打死了，所以我就收养了它。你瞧，它多可爱！"说着，他将手伸进笼子里，抚摸起狮子的头来。

　　柯尔对此不感兴趣，他敷衍了几句，回到客厅里。他在客厅里东翻翻、西翻翻，突然，两眼露出凶残的目光，死死地盯着瓦尔尼。

　　瓦尔尼感到不妙，结结巴巴地问："你……想干什么？你……"

　　没待他说完，柯尔挥起一拳，将他打昏在地……

　　瓦尔尼醒来时，发现自己已被捆绑在沙发上，整个房子被翻得乱糟糟的。只听柯尔阴沉沉地说："我已经跟踪你很久了，只要你把那些照片交出来，我给你50万英镑。快说！照片在哪儿？"

　　瓦尔尼只觉得胸口发闷。他想了想，呻吟道："照片在保险箱里。你放开我，我们有话慢慢说……"

柯尔凶狠地打断了他的话，问道："保险箱的钥匙在哪儿？"

瓦尔尼稳定了一下情绪，长长地喘了一口气，慢慢地回答道："在那边，桌子角上的凹陷处。你用手按一下，就可以了。"

柯尔兴奋地跳起来，他从口袋里掏出手枪，指着瓦尔尼，威胁说："如果你想骗我，那么今天就是你的祭日。"说完，他跑到桌子边一看，嗬，那儿果然有个按钮。他回过头冲瓦尔尼笑了一下，然后得意、从容地在那凹陷处按了一下。果然，耳边响起一阵轻微的嗡嗡声，接着是呼噜声，再接着是嘎嘎的响声，他的心激动得咚咚直跳。

柯尔睁大眼睛，等待着桌子的变化。可是，十几秒过去了，眼前的桌面依然如故，并没有什么抽屉自动打开。这时，他闻到一股野兽的臭味。他扭头一看，见锁美洲狮的门正缓缓地打开，那凶猛的美洲狮从打开的笼门慢慢地走了出来。只听瓦尔尼大声地喊着："扑上去，咬死他！"

柯尔吓得一屁股坐在地上。他顿时明白，他已上了瓦尔尼的当了。他慌忙掏出手枪，推上子弹……然而，就在这一刹那，狮子狂吼一声，扑了上去，锋利的爪子深深扎进了他的背部。狮子猛地把他撂倒在地，同时张开血盆大口，向他的颈部咬去。柯尔的手枪早被打落在地，他只好用双手死死顶住狮子的头颈……慢慢地，他感到手臂麻木了，一股鲜血泉涌似的喷到脸上。他惨叫一声，双手软软地垂了下去。他睁着垂死的双眼，朦胧地看到了那枚保险箱的钥匙。这把金光闪闪的钥匙，就挂在美洲狮的脖子上……

足球场上的战斗

　　第二次世界大战期间，德国南方的一个集中营里，关押着许多被德国法西斯抓来的战俘。战俘们生活在水深火热之中，每个人都在寻找逃跑的机会。

　　有一天早上，在离铁丝网不远的空地上，一群被俘的英、美、法等国的犯人正在机枪的监视下进行一场足球比赛，担任裁判的是英国战俘科尔比少尉。突然，足球凌空飞旋，直向德军少校斯坦纳头上飞去。斯坦纳身子一闪，用皮靴踏住了球。

　　科尔比跑到斯坦纳跟前捡球，斯坦纳傲慢地将球踢给他，并大声地说道："你们敢不敢和我们举行一场'国际'足球赛——德国队对各国战俘队。"几个月来，德军在前线连连吃败仗，斯坦纳想借此来提高德军的士气。

　　科尔比沉默了一会，回过头看了看球友们，心里怦然一动：何不将计就计，利用这场比赛设法逃跑。想到这，他冲斯坦纳点了点头，接受了他的挑战。

　　回到营房，科尔比马上把球队的队员都找来，一起商量逃跑的计划。这时，一个德国士兵来通知他们，比赛的时间是三天后，地点是万隆体育场。

　　科尔比内心一阵狂喜，他入狱前曾在万隆体育场工作过，对那儿的环境了如指掌。他立刻决定利用赛球中场休息，从下水道逃走。

　　三天后，科尔比带着球友们在德国兵的押送下，来到了万隆体育场。科尔比在场内扫视了一圈，见四面站满了头戴钢盔、荷枪实弹的德国卫兵，看台上到处悬挂着德国国旗。斯坦纳坐在看台右侧，一双老鹰似的眼睛不停地在场内东张西望。

　　这时，场上响起了进行曲，两支球队分两列纵队进了赛场，看台上5

万多名观众在静静地等待着这别开生面的大赛。

笛声骤响，比赛开始了。战俘们组成的联队一开场就拉开攻击的架势，他们原来都是足球运动员，个个临场不惧，德国队员凭借着精力充沛，横冲直撞，很快突破了联队的防线。科尔比一个漂亮的飞跃，将球接住。这时，一个德国队员像野牛似地冲过来，把他撞倒在地。裁判判罚角球，科尔比很不服气。德国队长飞起一脚，球直射球门。

看台上的纳粹们像发疯似地欢呼。斯坦纳站起身，不停地挥手。

比赛还在进行，联队队员得球。突然，一个牛高马大的德国队员横冲过来，把联队队员撞得仰面倒地，观众们大叫德国队犯规了，可裁判根本不理。由于裁判庇护，德国队越踢越野，上半场联队以0：3的比分落后。

联队队员气愤地聚在休息室里，摩拳擦掌，表示下半场非打败德国人不可。这时，科尔比掀开下水道的盖子，叫大家放弃比赛，赶快逃走。谁知队员们你看看我，我看看你，脸上都露出茫然若失的表情。迟疑了片刻，有几个队员竟表示不想走了，要留下来比赛，非把德国人打趴下不可。科尔比激动地望着朝夕相处的难友，流下了泪水，他一咬牙，决定重返球场。

又一次拼搏开始了。联队队员抖擞精神，长驱直入。一个队员带球深入对方底线，另一位跟上接应，起脚飞射，球从德国后卫身上反射过来，弹入球门。这时，每一名队员都如猛虎下山，对德国人的球门狂轰滥炸，比分不断上升，很快，记分牌上显示4：3，联队领先。

科尔比又救出一球，那个撞过他的德国大个子又想撞他，他早有防备，身子一闪，把球传给队友，又闪电般地把球带到前场，一球射入球门。裁判宣布这一球不算，观众席上又爆发出阵阵呐喊，为联队鸣不平。

再有一分钟就终场了。德国队发疯似地反击，只见德国队队长狠劲一踢，足球直飞球门，科尔比一个鱼跃扑球，夺得了最后的胜利。

欢呼声顿时震耳欲聋，队员们把科尔比高高举起。观众们像潮水般拥进球场，纷纷脱下衣帽换给联队队员。队员们随着人流，撞开体育场的大门，向大街小巷拥去。

老寿星跳伞

  勃斯纳是法国里昂跳伞俱乐部资格最老的运动员，他年近70，已有近50年的跳伞史，可以说，几乎是一有飞机，他就是个跳伞运动员。不过，近5年来，他已停止了跳伞活动，因为他患上了心脏扩大症，医生不允许他再到氧气稀薄的高空中去参加这项有一定危险性的活动。

  但是，他那5岁的小孙子却指着他以前的照片说："爷爷，那一定是在照相馆里拍的，别人把你吊在上面，给你咔嚓咔嚓拍照，再把你放下来。我不相信你真的会从飞机上跳下来。"

  勃斯纳不服气地说："如果你不相信，可以跟我一起飞上高空，我在你面前表演跳伞。"

  小孙子从不敢乘坐跳伞训练机，被爷爷一激，竟也鼓足勇气说："明天，我们一起乘跳伞机上天，我真的想亲眼看看你是怎么跳伞的。"

  勃斯纳见小孙子如此说，马上叫跳伞俱乐部安排他们飞上蓝天。

  第二天，勃斯纳带着小孙子，飞上了3200英尺的高空。他很久没有乘坐这种老式的跳伞训练机了，引擎的轰鸣声吵得他心烦意乱，但小孙子一直没露出胆怯的样子，这使他很受鼓舞。

  小孙子正用好奇的眼光注视着他，注视着高空中的一切。他对小孙子说："爷爷会出色地完成高空跳伞的。下一次，咱们一起往下跳，好吗？"小孙子伸出小手指，跟他勾了勾，说："下一次，咱们一起跳。"

  勃斯纳点点头，又一次检查了降落伞装置，深深地吸了一口气，一步一步靠近舱门，伸出左手，紧紧抓住那根呈45度角连接机身和机翼的支柱，抬起左脚，站在覆盖着机舱的小平台上。

  他回头看见小孙子的表情越来越紧张，就摇了摇头，笑着说："没什么可害怕的。你第一次坐滑梯时，吓得大叫大嚷，但滑过一次，你就再也不害怕了。"小孙子咧开嘴笑了。

勃斯纳做了个"再见"的手势，伸出右脚，整个身体都站到平台上。这时，风猛烈地抽打着他的脸，机舱外空荡荡的，只有朵朵白云从脚下飘过，一切都是那么生疏，仿佛他一辈子都没有跳过伞！勃斯纳定了定神，望了望地面上金灿灿的菜花田，一咬牙，双脚脱离了平台，只把双手吊在支柱上，气流顿时把他的身体拖后了30度。

这时，机舱里的小孙子兴奋地叫了起来："爷爷跳伞喽！快松手吧！"

勃斯纳一高兴，将手一松，向大地作了个拥抱的姿势，投入了广袤的蓝天中。他的身体急速向下坠落，耳边风声呼呼，一切都很正常。

但是，当他默数到"10"，准备拉动跳伞绳时，突然，那种急速向下坠落的感觉消失了，身体变得轻飘飘的，仿佛在随着热气流上升。他仔细一看，果然，身边不断翻腾着白汽，它们像阿拉伯毛毯一样载着他，向高空升去。

勃斯纳不放心地看了下高度表，果然，读数在不断增加。慢慢的，他感到呼吸有些困难了，舌头也不由自主地伸出来。他大口大口地呼吸着，胸口感到一阵阵难过。这时，他才后悔没把治疗心脏病的药带在身边。

这时，跳伞俱乐部的同行们都在为他耽心，他毕竟已有70岁，近5年又没跳过伞，他会记得对付热气流的那一套办法吗？

当然，勃斯纳是不会忘记那近50年的跳伞经历的。现在，他索性像个跳进浑水的游泳者那样，拱着背，双手抱膝，任凭热气流兴风作浪也不慌乱。果然，高度表上的读数不再增加了，呼吸也觉得顺畅了。勃斯纳知道，自己已经处在热气流边缘，就将腿一挺，双手做出划水的动作。不一会儿，他就冲出了热气流，身体又开始直线坠落。他松了一口气，啪地打开降落伞，在空中翻了几个筋斗，降落伞就稳稳地带着他飘向地面。

这时，他的小孙子已经随着跳伞训练机回到地面上，他望着彩色的伞盖像气球一样吊住爷爷的背部飘然而下，情不自禁地拍起手来。

勃斯纳一点也不马虎，他要准确地跳到小孙子的身边去。他在空中多次调节拉套环，使降落伞一次次改变方向。最后，地面以惊人的速度向他逼来，他狠狠地拉扯两个套环，抬起双腿，向前奔跑了几步，准确地落到小孙子身边。小孙子一下子抱住爷爷，叫道："太棒了，爷爷！明天，我们一起跳伞！"

飞碟求救

　　大格罗克纳雪山是阿尔卑斯山脉在奥地利的一个分支，最高峰近4000米，是滑雪、观光的旅游胜地。当然，这里也常常出现险情，但旅游者都喜欢冒险，太安全的地方他们还不愿意去呢。史蒂文森就是这样一个登山爱好者，他喜欢在经常出现雪崩的春季攀登大格罗克纳雪山，但他从没遇上过一次像样点的雪崩，因此，他甚至觉得有点索然无味了。

　　1974年春季，阿尔卑斯山脉的南坡早已花繁叶茂，大格罗克纳雪山却仍是白雪皑皑，不过，山脚下的溪流里已响起了叮咚声，冰雪已在暗暗消融。史蒂文森又一次来到雪山脚下，开始了向死亡挑战的攀登。

　　第二天中午，他到达离主峰还差500多米的地方。突然，轰隆隆一阵巨响，峰顶的冰雪夹着大大小小的石块朝他飞滚而来。史蒂文森被这雄壮的景观惊呆了，没有及时躲避，左腿被一块石头击中，身体一软，随着冰雪、乱石滚下了高坡，昏死过去。

　　一阵剧烈的疼痛把史蒂文森弄醒了。他挣扎着想挪动一下身体，但怎么也动弹不了。他感到左腿一阵又一阵钻心的疼痛，低头一看，裤腿上全是血，用手扒了一下，一片白森森的骨头竟露了出来。这条腿被岩石砸断了。要想攀上峰顶或爬下山去，都不可能了。史蒂文森思考着各种自救的方法，但没等他想出个头绪，他又痛得昏死过去了。

　　等他再次苏醒过来，暮色已经笼罩了大格罗克纳雪山，气温骤然下降，四周一片荒凉，山野显得格外静谧。史蒂文森默默地想：平时只担心没有冒险的刺激，现在正是考验自己意志的好机会，决不能束手待毙，得赶在天黑之前，向山区急救队发出求救信号。

　　一种神奇的力量使他暂时忘却了疼痛和疲劳，他转身取下背包，想找出一点有价值的救生物品来。

　　正在这时，远处灰蒙蒙的天空中出现了一个小小的亮点。史蒂文森目不转睛地注视着它，那个亮点在不断移动，可能是架专门在山区飞行的小型飞机。又过了一会儿，看得更清了，那确是一架小飞机，正在附近山峰和悬崖间盘旋，很可能是摄影家租用了在拍风光照片。

史蒂文森心中一阵狂喜，心想，只要把飞机驾驶员的注意力吸引过来，自己就有救了。

他艰难地拖着伤腿，寻找可以点燃的树枝。但是，四周找不到一根树枝，即使有，也是湿漉漉的，更何况，他的打火机也在滚下高坡时丢失了。

不一会儿，小飞机从他的头顶上经过，他提高嗓门大喊大叫，但飞机的引擎声大大压过了他的喊声，飞机上的人根本没听见他的呼救，甚至没看见他的人影。

史蒂文森急得手心里也出汗了。他在背包里东找西找，眼前突然一亮：他那随身带着的回力飞碟还在，而且有3只！

这种回力飞碟是奥地利人用坚木制成的一种传统体育用品，既可健身又供娱乐，老老少少都爱玩。史蒂文森还是个孩子的时候，就迷上了玩回力飞碟，从小学玩到大学，还常常在比赛中获奖。现在，有这3只回力飞碟，不是正可以用它们向飞机驾驶员发出求救信号吗？

史蒂文森心中又升起了希望。他从背包里又找出了用作路途标记的荧光漆，将它们涂抹在3只回力飞碟上面。眨眼间，原来布满木纹的回力飞碟泛出了银闪闪的光芒。

不一会儿，那架小飞机盘旋着又出现在史蒂文森的上方。他使尽全身力量，努力站起来，抢起右臂，一只接一只扔出回力飞碟，让它们在夜空中划出特殊的弧线。当飞碟又回到他的手中后，他改变角度，再接连将它们甩出去。

镀上荧光漆的飞碟飞得有五层楼那么高，飞行直径也很大，很快就引起了飞机驾驶员的注意。驾驶员降低了飞行高度，立刻看出，那银光闪闪的东西在空中划出的竟是接连不断的"S"、"O"、"S"这三个拼成求救信号的字母！驾驶员立即给山区急救队发出电报，准确地通报了出事方位。

一小时后，一架直升飞机降落到史蒂文森身边，人们发现，他手里还紧紧攥着那3只涂满荧光漆的回力飞碟。

地道里的强盗

费尔夫·霍克斯是个12岁的捷克少年，住在南方的古城布尔诺。这座古城是以捷克古代的一位大侦探的名字命名的，城里的居民都为这位古代的大侦探感到骄傲。费尔夫·霍克斯也不例外，他从小就立下当侦探的志向，并看了不少抓捕罪犯的书。

这一天，他又独自来到靠城墙的废旧汽车堆放场，想找个同伴一起玩警察抓强盗的游戏。这里堆放着各种型号的破旧汽车，工人们两个月才来这里一次，用水压机将破旧汽车压得扁扁的，再送到炼钢厂去回炉。因此，平时这里很难见到人。

费尔夫没见到常跟他玩的同伴，扫兴地在破旧汽车中间转来转去。忽然，他听见隐隐约约有人在喝酒。酒瓶底碰在桌子上的声音很有特点：先是轻轻的一声"啪"，接着是酒在瓶子里摇晃的嗡嗡声。

那声音是从一间光线昏暗的工作间里发出来的，谁会偷偷地在这里喝酒呢？

费尔夫警觉起来，悄悄靠近工作间，凑近窗一看，只见里面的桌上放着一大捆钞票，一个长着大胡子的彪形大汉在边喝酒边数钱。

费尔夫朝那人仔细一看，呀，他是抢劫杀人犯盖斯尼！3天前，他抢劫了布尔诺的一家银行，杀死了两名银行职员。报上登出了通缉捉拿他的告示和照片，警方在出城的要道上加强了警戒，千方百计要将他逮捕归案，没想到，他会溜到这里来了。

费尔夫正想赶快去报警，谁知脚下碰倒一只酒瓶，盖斯尼马上冲出来，一把抓住他的胳膊，将他拖进了工作室。抢劫犯恶狠狠地问道："是不是警察派你进来的？快说！"

费尔夫故作轻松地回答："我可不是警察，我是强盗，警察正在抓我，我得赶快逃到城外去躲起来。"

抢劫犯盖斯尼以为费尔夫在嘲弄他，就将他一把抓得两脚离地，骂道："你在说我是强盗？！我还是杀人犯呢！老实说，你来干什么？"费尔夫这才装做害怕地说："我和彼佳玩警察捉强盗的游戏，他扮警察，我扮强盗。我知道这里有一条地道可以通往城外，想钻出去。他抓不到我，我就赢了。"

盖斯尼正愁逃不出警察的封锁，听说破旧汽车堆放场里有秘密地道，眼中顿时大放光芒。他马上从口袋里掏出一把钞票，塞给费尔夫，说道："你带我从地道里走出城，我可以给你这么多钱。"

费尔夫回头瞅瞅桌上的那一大捆钞票，摇摇头说："不行，你给得太少了！"

盖斯尼冷笑了一下，说："看来，你是块当强盗的料，居然从我的手里抢钱！好，再给你一些！"说罢，他从那捆钱中抽出一沓，塞给了费尔夫。费尔夫将钱藏到内衣口袋里，挥挥手说："跟我来吧。"

费尔夫带着盖斯尼来到一堆旧木板边，说道："地道口就在这下面，你自己动手吧。"

盖斯尼猛地将那一大捆钱扔在地上，又揪住费尔夫的衣领，恶狠狠地说："一起搬木板，你得先进地道，给我带路！"

很快，地道口露出来了，费尔夫比较瘦小，一下子钻了进去。走了一段路，洞变窄了，只可以猫着腰行走，到后来就只能匍匐爬行了。盖斯尼拖着那一大捆钱，行动很不方便，在后面骂骂咧咧地说："你别糊弄老子，小心老子一枪崩了你！"

费尔夫答应道："别担心，过了这一段狭窄的地方，前面就宽敞了。你想想，地道得从城墙下通过，这是好挖的吗？"

盖斯尼不吭声了，尽量缩紧大肚子，拖着那捆钱向前爬去。爬着爬着，他觉得自己完全被卡住了，往前爬又不行，往后退又不行，急得大喊道："小家伙，这是什么鬼地道呀！你快过来帮帮我！否则，我一枪崩了你！"

但是，他只听见费尔夫在很远的地方回答道："你试试能不能将枪从口袋里掏出来，如果能，你也就有办法往前爬了。再见，等着警察来把你弄出地道吧。"

盖斯尼只能卡在那里，束手就擒了。

恐怖的"死亡谷"

在意大利佛罗伦萨参加世界地质学家学术会议的苏联科学院院士亚历山大·谢苗诺维奇接到一个不幸的消息,他的侄儿尤拉·谢苗诺维奇,一位地质勘探队长,不幸在外高加索山区的工作中失踪了。出事时,尤拉正在寻找稀有金属的矿脉,年仅32岁。

尤拉是亚历山大一手培养的苏联第一代地质工作者,也是他惟一的亲属。失去了尤拉,亚历山大感到万分痛惜。当时,会议主要议程已经结束,只剩下几个参观项目,两天之后,他就可以回到莫斯科,去为尤拉献上一束悼念的鲜花。

可是,当从佛罗伦萨美术博物馆出来以后,谢苗诺维奇立刻改变了主意,决定在这里多呆几天,他要替国家搞清一件秘密,或许能够发现一处珍贵的矿产地点。

佛罗伦萨美术博物馆正在举行现代画派的展览。说老实话,那些大红大绿、光怪陆离的作品,跟谢苗诺维奇的审美观大相径庭,他只是出于礼貌,才跟着别人去参加一下的。当西方那些同行煞有介事地评论着大厅中间那幅最抢眼的宗教绘画时,他已踱到墙角,准备离开展厅了。

但是,在墙角一幅最小的作品面前,谢苗诺维奇突然停下了脚步。这是一幅题为"恐怖死亡谷"的风景画,画上,光秃秃的山头,全被画成朱红色,没有树木,没有花草,山谷中间,升腾起一阵阵奇异的紫色云雾,阳光从云端穿过,折射出耀眼的光彩。下面注明这幅画的创作地点为外高加索。

作为一名资深的地质专家,谢苗诺维奇知道,假如画家真的按照实地情形创作了这幅风景画,那么,他写生的地方,一定有一个令人吃惊的朱砂矿,那些紫色云雾,只有红色氧化汞矿脉中分解出的水银蒸气才会形成。

谢苗诺维奇看了看作者的姓名：马萨奇诺·阿蒂斯，佛罗伦萨美术学院教授。他记下这姓名，出了博物馆，立即奔赴美术学院，询问马萨奇诺的住址。

　　在教授家中，谢苗诺维奇只见到马萨奇诺的遗孀，这位夫人告诉他，马萨奇诺在两个月前去世了，患的是一种奇怪的疾病。自从去年教授在土耳其作了次写生旅游，回到家中身体就一直欠佳，头发一把把脱落，牙龈一点点腐烂，这毛病实在叫人弄不清原因。

　　谢苗诺维奇告诉这位夫人，他是有幸欣赏到教授的风景画，才来造访的。教授那幅题为"恐怖死亡谷"的大作，实在不应该侧身现代派绘画的行列，它是一幅最最写实的佳作。他想知道那地方究竟在外高加索山脉哪一处，很想到教授为艺术献身的地方实地考察一番。

　　谢苗诺维奇诚挚的赞颂赢得了教授遗孀的共鸣，她取出教授的日记，从最后的一本日记中，谢苗诺维奇知道马萨奇诺曾到过土耳其和格鲁吉亚的边界阿尔达汉以北山区，在荒凉的崇山峻岭中生活了一个星期。

　　回到莫斯科，谢苗诺维奇得知尤拉的尸体还没找到，尤拉正是在格鲁吉亚的波格丹诺夫卡山区失踪的，他失踪的地区，正巧也在土耳其阿尔达汉北面的边界上。

　　谢苗诺维奇立刻带着一支勘探队来到格鲁吉亚，从第比利斯往西南行走200多公里，就到了外高加索山区了。他问当地山民，有没有叫做"死亡谷"或者"恐怖谷"的地方，山民们都摇着头说"不知道"。只有波格丹诺夫卡的一位老猎人说，在通往土耳其的荒山中，有处叫魔鬼湖的地方，那里住着能吞噬所有生灵的魔鬼，每当太阳升起，魔鬼们便会吐出一阵阵耀眼的毒雾，猎犬们离它10公里路，便不肯再往前走一步，其实再往前走也没意思了，那里连一只土拨鼠也没有。

　　谢苗诺维奇好不容易说服老猎人替勘探队带路，可是队伍来到"魔鬼湖"外面的山坡上，猎犬果然再也不肯往前迈一步，它们恐怖地喷着鼻子，"呜呜"地在原地打转。队伍只能搭起帐篷，在山坡上露宿。

　　第二天一早，谢苗诺维奇带着两名勘探队员，戴上防毒面具，沿着老猎人指的方向踏上进山的小道。他们越往前走，山坡上的植物就越来越少。不久，太阳从崇山峻岭中升起来了，没有一点树阴，空气越来越热。翻过一座小山，一位队员指着不远处两座高山间的山谷，停下了脚步。大家看到，那山谷之中，果然腾起一阵雾气，雾越来越浓，毒辣辣的阳光穿过它，折射出一会儿红、一会儿紫的耀眼光芒。那情景，确实叫人看了心惊胆战。

谢苗诺维奇脑子里闪现出佛罗伦萨那幅印象深刻的风景画，他把地质锤一挥，做了个继续前进的手势，立刻带头往山顶攀登。

他们翻过山顶，一阵刺眼的红光立即照花了他们的双眼。山的那边，一圈裸露的红色崖坡，几座山峰，围住一个深深的山谷，一阵热气蒸腾出来，雾气就从谷底升上天空。再仔细观察，谷底有一块小小的"湖泊"，湖泊中银光闪闪，居然是一池积聚着的水银。红色朱砂岩经过阳光长期曝晒，分解出水银来，水银受到阳光照射，又蒸腾出水银的蒸气，就产生了这种大自然的奇观。

虽然戴着防毒面具，这里也不宜久留，勘探队员们交换了一下眼色，准备离开，谢苗诺维奇却突然往山坡下冲去。半山坡上，分明有一个人伏着，是谁比他们早一步来到这里？

谢苗诺维奇和队员们找到的，就是前勘探队长尤拉的尸体，他没有防毒面具，被水银蒸气熏死在山坡上。他身边岩石上，有用勘探锤刻下的一行字："水银富矿，乌拉！（即"胜利"）"

梦登悬崖

1978年初夏的一天，法国和西班牙交界处的比利牛斯山风景区来了兄妹俩，哥哥叫郎瑞，妹妹叫卡西娅。妹妹的脸红得像玫瑰，哥哥却苍白得跟死人一样。原来，郎瑞患有严重的梦游症，健康受到严重影响。卡西娅是特地陪他到这里来疗养的。

他们白天游览比利牛斯山的各个风景点，晚上就住在半山腰的旅馆里。几天下来，郎瑞的气色明显好转了，晚上也没发生梦游。卡西娅很高兴，但她每天晚上临睡前还是小心翼翼地将一个绳扣套在哥哥脚上，绳扣的另一头套在自己脚上，这才放心地睡下。

这天夜里，卡西娅做梦时在床铺上一个大翻身，把自己惊醒了。她突然觉得很奇怪：大翻身时怎么没牵扯着对面床上的哥哥郎瑞呢？她警觉地打开电灯一看：郎瑞的床上空了，绳扣的那一头被解开了！

卡西娅暗叫不好，立即穿上衣服，奔出旅馆。她抬头望去，月光下果然有个身影在朝山崖上爬去。那高而单薄的身材，正是哥哥郎瑞。

通向山崖的路曲折崎岖，两边是刀削一样的陡壁，正常人走在这条路上，也是提心吊胆的。他们兄妹俩早就听说悬崖上风景雄奇，但因为郎瑞的身体不好，几次绕道去了别处。谁能想到，连白天也不敢走这条险路的郎瑞，会半夜三更独自一人上路！

他的梦游症又发作了！

卡西娅望着哥哥晃晃荡荡的身影，心吊到了嗓子口，但又不能呼唤他。她知道，梦游者在行进中被唤醒，会立刻倒下来，这对身临绝壁上的郎瑞来说，简直是将他推下深渊！她只能加快步伐，希望能早一点靠近哥哥，及时伸出援救之手。

但奇怪的是，郎瑞在曲折崎岖的险路上，竟如履平地，走得比正常人还快。卡西娅追撵了一阵，却始终离他还有近20米。

在银色月光的照耀下，薄刀形的山脊小道发出冷峻的死光，人在小道上走，稍不留神就可能跌进左右两旁的无底深渊。卡西娅睁大双眼，小心朝前走着。她感到奇怪，患病的哥哥怎么会如此快捷、熟悉地走着这条险路。

其实，梦游中的郎瑞跟白天的郎瑞完全不同，他大脑中原来被抑制着的神经在主宰着他，病态地驱使他走上了白天连想都不敢想的险途，而且愈走愈兴奋。

卡西娅一步步落后了，她真忍不住要叫哥哥等等自己。但她不能叫，只能尽力加快步伐跟上去。

突然，郎瑞在山脊小道上一个转身，脸朝着卡西娅走了过来。卡西娅看见，此时的哥哥脸色既白又无表情，活像一具僵尸。

郎瑞的眼神定定的，朝前走了近10米，兄妹俩在山脊上的距离只剩下10多米了。卡西娅已清清楚楚地看见夜风吹起郎瑞的发丝，甚至看见了他金黄色的睫毛。但是，郎瑞却像一点也没看见妹妹卡西娅，还是直朝她站立的地方走来。

卡西娅暗叫不好，山脊小道上是不可能让两个人从从容容地相向而过的，如郎瑞和自己擦肩相遇时从梦游状态中惊醒过来，后果是不堪设想的！

情急之中，她发现绝壁旁有段小树桩，就将随身带来的尼龙绳紧紧套住树桩，双手攥住两头，将身子荡到山脊小道的左侧。不出所料，她才闪身避让，郎瑞已经笔直地走了过来，在树桩旁走了过去。

卡西娅紧紧攥住尼龙绳，暗暗祈祷：但愿哥哥一直走到旅馆再躺下！但是，郎瑞又折了回来，一步步朝悬崖攀去。

卡西娅登时省悟到：刚才，一定是自己发出了什么响声，使梦游中的哥哥有点察觉，他是转身来寻找的！现在，再也不能随便惊动他了！

郎瑞使劲向上爬着，不一会儿就爬上了山脊上方的悬崖，呆呆地站立在那儿。

这时，山风很大，松涛呼啸。卡西娅加快了攀登速度，不一会儿就登上了悬崖。

这里只有一块面积八平方米的平台，但郎瑞已朝前走了三步，再走一步，就会堕入万丈深渊。卡西娅果断地抓住尼龙绳两头，将绳向哥哥套去。

　　刷，尼龙绳套到郎瑞胸脯上。他刚一怔．卡西娅就奋力向后猛拉，兄妹俩一起倒在狭窄的平台上。这时，郎瑞的眼睛紧紧闭上，又惊愕地睁开，恐惧地问："我……怎么会在这里？"

　　卡西娅笑着安慰他说："别害怕，天亮时，登山俱乐部会派直升飞机将我们接回去的！"

假牙的威力

18世纪初期，欧洲的知识分子中间，掀起了不可遏制的探险热。许多人搭乘海轮出去，要求船长把他们送到荒岛上，孤独地踏上冒险之旅。他们的这种奇怪行为带来了许多意想不到的结果：一些荒岛被发现、开发了，西班牙、葡萄牙等国一下子增加了许多殖民地。于是，欧洲各国的君主们更加鼓励国民们外出探险，一时间，探险热空前高涨。

这年春天，葡萄牙首府里斯本的退休法官波塔尼奥再也憋不住了，他搭上一条前往南美洲的货船，也参加了探险者的行列。

但是，不幸得很，货船在太平洋遇上了特大风暴，触礁沉没了，波塔尼奥死死抱住一根桅杆，在海上漂流了两天两夜，终于被海浪冲上了南美洲大陆。

波塔尼奥两手空空，连一把小刀也没有。但是，他仍充满信心，独自闯进了茂密的原始森林，开始了他的冒险生涯。

他的年纪虽然大了，但身手还很矫健。他攀上不知名的野果树，专挑鸟类啄食过的野果充饥。这儿野果资源丰富，取之不尽。他把各种野果尝了个遍，几天下来，体力竟神奇地恢复了。接着，他收拾了许多枯枝，让它们在烈日下曝晒，再用皮带拉扯着一根坚硬的圆木，居然在另一根松木上钻木取火成功。

有了火，他能吃到熟食了，并且制作出自己打猎需要的弓箭。没几天，他几乎已全副武装起来，再也不怕毒蛇和猛兽了。

但是，他一点也不明白自己身在何方，附近有没有人类，这片原始森林有多大，整个大陆有多大。因此，当他找到了一个合适居住的山洞，把火种和野果、禽兽肉储存起来后，就决定带着自制的弓箭去了解周围环境了。

这一天，他来到森林中的一块空地上，极目四望，发现东面有一座小山丘，就决定带上食物，向小山丘进发。走着走着，小山边的一个岩洞里突然蹿出一条狗，凶狠地狂叫着扑上来。波塔尼奥对付恶狗很有办法，他稍一闪身，对准狗鼻子飞起一脚，那条狗哼了一声，就倒地毙命了。

波塔尼奥用脚尖拨了一下狗，发现这条狗不像是野狗。正在迟疑之际，突然，前方又传来一声令人毛骨悚然的怪叫，一个全身裸露的土著人手里拿着明晃晃的长矛，大叫着朝他冲过来。波塔尼奥见他来势汹汹，一下子躲到一块巨岩背后，只让竹箭露在外面。

土著人不敢贸然冲上来，悄悄摸出匕首，用长矛拨开竹箭，猛地跳上岩石，朝波塔尼奥一下扔出匕首，"咣当"一声打在他耳朵旁的岩石上。波塔尼奥也不甘示弱，一箭射过去，箭头深深插进土著人的屁股肌肉里。土著人长嚎一声，倒在血泊里呼号起来。

波塔尼奥知道大事不妙，正想逃走，前方响起了阵阵号角声。他转眼一看，四周已站满了土著人，他们手里举着明晃晃的长矛、匕首，对他怒目而视，随时都能将他剁成肉酱。

波塔尼奥低头一看，刚才那个土著人扔来的匕首已不知去向，他手里的竹弓竹箭怎么对付得了这一大群土著人呢？

波塔尼奥浑身发抖，眼光慌乱，想寻找出土著人的首领，向他求饶。但是，他的嘴一动，上颚上的一排假牙竟掉了下来。他用手一接，想马上塞进嘴去，忽然发现土著人全部惊慌地朝后退去。

原来，南美洲的土著人从来没见过带着红色牙板的假牙，见这个怪人能从嘴中拿出这种怪玩意儿，以为他有什么魔法，纷纷向后逃命。

不一会儿，土著人全逃走了，波塔尼奥拿着那半副假牙，怔怔地站在那儿。他想，这里的土著人既然害怕他的假牙，他何不以此来吓唬吓唬他们，使自己在这块大陆上占有一席之地呢？

不一会儿，土著人又偷偷地聚到山坡上，簇拥着一位首领，朝山下的波塔尼奥指指点点。

波塔尼奥索性把上下假牙都取下来，捏在手里，让它们一开一合发出"嗒嗒嗒"的声音。

土著首领看呆了，率先跪了下来，把波塔尼奥拥戴为新的首领，把他称为"白天神"。

就这样，波塔尼奥靠一副假牙夺取了相当于今天的秘鲁那么大的地盘。他死后，这块土地很自然地成了葡萄牙的殖民地。

最后的发明

斯特松平是瑞士著名的发明家，他的发明是多方面的：他在钟表方面的发明使瑞士有几百年历史的钟表业出现了大突破，为瑞士挣了近10亿瑞士法郎；他在电脑上的发明又进一步使瑞士在激光制导系统方面处于世界领先地位……他向全世界出售他的发明专利，年纪轻轻就成了百万富翁。

1989年10月的一天晚上，一个蒙面强盗突然闯进了他的别墅，用刀抵住他的胸膛，威胁说："百万富翁，把你保险柜的钥匙交出来，乖乖地给我装一旅行包金条和钞票。否则，我也想在你的胸膛上搞点小发明！"

斯特松平知道来者是个了解自己家底的人，就明知故问道："你怎么相信我会把钱财藏在家里呢？这样多不安全，藏在银行的金库里才保险呀！"

蒙面人冷笑道："我知道你聪明过人，银行的金库对你来说，是个漏洞百出的地方。你才不会相信靠电脑来管理你财产的人呢！快把钥匙和密码告诉我！"

斯特松平笑笑说："要是我把密码忘记了呢？难道你也有办法打开保险箱？"

蒙面人咯咯一笑，说："你有你的本事，我有我的特长。瞧见了吧，我手里拿的是塑料炸弹，我懂得把它粘在哪里能炸开保险箱。但是，我在爆炸前，要在你胸上戳几个大洞！"

斯特松平淡淡一笑，说："你就不怕我的保险箱里装着什么新发明，陌生人打开它，会要了他的命？"

蒙面人不笑了，他点点头说："我想到了，所以要你亲自打开它，替我将旅行包装满！"

发明家无可奈何地摇摇头，说："你真聪明，把脸也蒙上了，摄像机也拿你没办法！好吧，我认输了！"

斯特松平取出保险箱钥匙，拨好密码，啪地打开了保险箱。里面有三层，一层放着金条，一层放着古银币，另一层放着成捆的钞票。

蒙面人惊喜得失声叫了起来，说道："我猜得不错，你将绝大部分财产都藏在保险箱里了！哈哈，聪明的发明家，你的头脑还是不及一般老百姓，竟不肯把它们藏到银行里去！"

斯特松平摇了摇头，说："我认为自己的办法比较可靠，哪想到你会这么穷凶极恶呢？"

蒙面人把他那只大旅行包扔了过来，命令道："先装上金条，再装古银币，最后装纸币，赶快！"

斯特松平叹了口气，说："这么大的旅行包，装满了，你拎得动吗？"

蒙面人晃晃手枪说："我只要拎出大门，乘上汽车就好了，快装吧！"

发明家不再说话了，按照抢劫犯的吩咐，先将金条和古银币装了进去，最后再用纸币把旅行包塞满。

蒙面人见保险箱里还有一大堆钞票，又取出一只尼龙包，扔给发明家，要他把保险箱里的钞票全装进去。他还嘲讽着说："聪明的发明家，你只要动动脑子，钱财还会来的。只是这一大笔嘛，只能先归我了。"

斯特松平点点头，把保险箱里的钞票全塞进了尼龙包，对抢劫犯说："要不要我替你拎出去？我估计，旅行包也重得要命。"

蒙面人接过尼龙包，朝脚边一放，说道："谢谢你的好意。我害怕你跟着我出去，会揿响一个什么报警装置呢！"

蒙面人拿出一根绳子，把发明家绑在一张椅子上，对他说："等我走后，你再想办法弄断绳子吧。"

这时，斯特松平哀叹道："除了最近的一个发明，我已一无所有了。先生，你愿意听我讲一讲这个发明吗？"

蒙面人拎起两大包钱财，哈哈一笑，说："对你的空保险箱去谈新发明吧！"说完，他转身往外走。谁知，刚走到门边，地板轰然一声分开了，蒙面人带着那些金条、古银币和钞票，一下跌进地洞里。

斯特松平听见被尼龙网死死缠住的强盗在苦苦哀求，就笑着对他喊道："这就是我要告诉你的发明：你进门时，地板下的防盗装置已经记录下你的重量。出门时，如你带上超出特定数量的物品，而我又没有在电脑中加入放行的指令，地板就会在你踩上去时自动裂开，尼龙网就会将你兜头罩住！耐心地等待警察吧，我得先把绑着的尼龙绳解开呢。"

悬崖取宝

瑞典西部的斯堪的纳维亚山脉中段，有一处悬崖陡峭、绝壁耸云的荒山，当地人称为"鸷鸟之乡"，因为那儿有许多猛禽居住在崖壁裂缝和洞穴中。崖下是清水淙淙的溪流，一条小路从山脚蜿蜒而去。

人们传说，在一处崖腰的大洞中，藏有许多古代财宝。不过，谁也没有进洞里看过。因为那悬崖实在无路可上。再加之鸷鸟成群，弄不好会把人啄食掉。

那么，当初财宝是怎么放进去的呢？这里面还有个故事。

传说，古代有一个贵族，想起兵夺取王位。阴谋被国王知道了，国王便发兵去追捕，经过两次战役后，贵族的军队就被国王的军队打散了。贵族只好收拾家财，连夜逃跑，一直逃到这"鸷鸟之乡"。看看随从的人越来越少，财富沉重，难以运输，便想找个地方收藏起来，日后再来取。但收藏到哪里好呢？

一个谋士说："这些东西，只有放到悬崖上的洞中最好。"

贵族说："怎么能放上去呢？"

谋士说："简单！现在天寒地冻，只要宰几匹马，切下肉来，一块一块地粘到悬崖峭壁上，就成了台阶和梯子。然后，派人爬上去，垂下一条绳子来，把财宝一件件吊上去就行啦，等到天气一暖，那些马肉就会一块块掉到地上，谁也上不去了。即使几个月内天气不暖，也没有关系，成群的鸷鸟会把粘在悬崖上的马肉啄食得干干净净！"

贵族听了很高兴，便照这谋士的办法去做，五六箱财宝通通放进了崖洞之中。

贵族的几十号人马在离开"鸷鸟之乡"后的第三天，陷入了国王军队的包围圈，全被乱箭射死。从此，就再也不曾有人上过那悬崖上的洞穴，只留下了一个扑朔迷离的传说。

一次，两个瑞典攀崖高手兼探险家约尔尼和萨克决心去悬崖上看个究竟。

约尔尼和萨克驱车来到山谷中，仰头一看，山头风起云飞，一群群鸳鸟在云天盘旋，不时发出尖利的唳鸣。而那洞穴，就在高高的山腰，形似月牙。在洞穴的左侧，长着一棵树，斜挂下来。洞穴的右侧，飘着几缕青藤。

约尔尼笑着问带路的土人："您敢不敢上去？"

土人摇摇手，说："听说十几年前有个人想上去，上到十几米的地方，手一滑，就跌下来摔死了。打那以后，就再也没有人敢上去了。唉！"

约尔尼说："看着，看我能不能上去。"

约尔尼对萨克说："关键是那些鸳鸟。我看那儿可能有鸟窝，鸳鸟见我去扒它的窝，只怕不会让的。因此，请你在下边用枪轰那些鸳鸟。请这位老乡在下面搬动大海绵垫，以防失手。我还要带一把短刀在身上。"

约尔尼交待完毕，便束紧腰带，腰带左边是一团尼龙长绳，右边是一把插在鞘中的尖刀。约尔尼手抠石隙，不紧不慢地向上攀去，土人拉4米多长、3米多宽的海绵垫，遥遥等在约尔尼之下。

此时，忽见两只鸳鸟展开3米多长的翅膀，向已经很靠近月牙形洞穴口的约尔尼掠去。

萨克朝天放了3枪，鸳鸟受惊而去，但转瞬间又箭一般地向约尔尼扑去。萨克立即举枪射击，击中飞在左边的一只鸳鸟。那鸟嘶鸣一声，从空而落，如同车轮翻转。但飞在右边的一只鸳鸟，却凶猛地一爪抓住了约尔尼的背，约尔尼痛得大叫一声，背上涌出的鲜血直滴到土人铺的垫子上。此时，萨克又不敢放枪，只怕伤了约尔尼。

只见鸳鸟拎起约尔尼向溪流方向吃力地飞去，边飞边下沉。这时，只要鸳鸟一松爪，约尔尼便会殒身荒山了。

约尔尼见已近溪流，离地只有八九米，便拔刀刺入鸟胸。那鸟尖叫一声，与约尔尼一起跌到溪边沙滩上。此时，萨克与土人赶到，救了约尔尼。

为我划一刀

1986年6月的一天上午，芬兰巨型破冰船"赫尔辛基"号在北冰洋上全速行驶，为芬兰在北极的观察站运送物资。

船长里比希尔和随船医生苏拉威是好朋友。因为里比希尔太胖了，苏拉威经常拉着他做些大运动量的活动。这时，他们又兴致勃勃地玩起保龄球来。里比希尔船长赢了50分，高兴地又蹦又跳，但苏拉威沉着地抛出了最后一球，竟一下子得了54分，乐得他也跳了起来。

但是，他马上觉得腹痛难忍，竟一下子弯下腰，用手捂住了腹部。里比希尔笑着说："是怕我再一盘赢了你，故意装病吧？"

苏拉威的额上已渗出黄豆大的汗珠，脸色惨白，断断续续地说："大概是我的慢性阑尾炎急性发作了。我真该在赫尔辛基时下决心割掉它！现在可糟了！"

里比希尔说："别担心，我用无线电与附近的海轮联系，请他们的医生来替你动手术，你坚持着点。"

但是，北冰洋上哪儿找得到其他海轮呢？

里比希尔船长从电讯室跑出来，冲进医务室，对躺在手术床上的苏拉威说："很糟糕，呼号没人回答。我想，你先吃一点止痛药吧。"

苏拉威摇摇头说："绝对不能吃止痛药。现在，我只能请你帮忙，替我划一刀，将发炎的阑尾割掉了。"

里比希尔船长简直不相信自己的耳朵，他说："让我给你划一刀？我连鸡也没杀过！"

苏拉威苦笑了一下，说："谁让你不给船上配备一个医生，而且连护士也省掉呢？！"

里比希尔船长急得团团转，只好说："划一刀有什么用？我连阑尾在哪里也不知道，如果割错了地方，岂不更糟糕？"

苏拉威笑得又引起一阵剧烈腹痛，他说："我只是给局部搞点麻醉，人完全清醒着，我会指挥你翻找阑尾，教你怎么割掉它，怎么缝好它。"

这真是生下娘胎第一遭！里比希尔咬咬牙，答应了，手忙脚乱地准备起来。

苏拉威见船长把器具等准备妥了，就叫他替自己的腹部剃去汗毛，再仔细消毒两遍。他同时让船员搬来一面大镜子，稳稳地靠在手术床的后方。从镜子中，他可以清楚地看清自己的腹部情况。

接着，他让船长把手术盘放在自己身边，替自己的手消毒，再戴上消毒手套。里比希尔船长的手越来越抖，他说："让我给你剃剃汗毛是可以的，划一刀真不可想象！"

苏拉威笑了笑说："这一刀划在我的肚子上，我不怕，你怕什么？你快洗手消毒，戴上手套，当一回外科大夫吧。"

谁知，里比希尔的手越抖越厉害，竟接不稳苏拉威笑着递过去的刀，扑的一下，手术刀竟在苏拉威肚子上戳了个洞。苏拉威痛得大叫一声，再仔细一看，幸亏那儿已经消过毒，只是没用局部麻醉。他额上汗珠滚滚，对着吓得脸都白了的船长说："别害怕，痛是多痛了一下，但不会有细菌感染，也不会戳伤里面的肠子。你再给刀口部位喷点麻醉剂，索性从那儿向阑尾部位划过来吧。"

里比希尔船长在苏拉威腹部的伤口上喷过麻醉剂，却怎么也不敢再去碰那把刀了。他吞吞吐吐地说："厨师哈克杀鸡宰羊都下得了手，我去请他吧？"

苏拉威摇摇头说："他不是个小心翼翼的人。算了，让我自己来吧。但是，你得给我把肠子捧出来。"

里比希尔船长答应了，眼看着苏拉威医生对着镜子，小心地划开自己的肚子。他照着医生的指点，把他白花花的肠子捧了出来。苏拉威睁大双眼，终于找到了那根已经灌了脓的阑尾，一刀把它切除下来。

这时，里比希尔船长松了一口气，在胸前划着十字说："谢天谢地，没让我把别的肠子戳穿，要不，谁能在血乎乎的肠子里找到伤口呀！"

苏拉威医生宽慰地笑了，他说："没事了。剩下的缝合工作，得完全由你操作。"

里比希尔船长也笑了，他说："我从小就会补衣裳，这点小事，我不怕了。"

冲出狼群

挪威的北部有个小山村，村里有个小伙子，叫米特尔。这天黄昏时分，米特尔从外婆家回来，穿过小树林时他疾步奔走，因为这里经常有野狼出没。

米特尔警惕地看着四周，脚步匆匆地跑着。可是在离他几步远的地方，三只狼拦住了他的去路。米特尔心里一惊，极力地压抑住心头的恐惧。他知道，这时如果他回头逃跑的话，一定会被狼追上咬死的，所以他只能昂首阔步向前走。

恶狼被米特尔逼人的气势吓住了，连连后退了好几步。米特尔双眼死死地盯着恶狼，顺手抄起地上的一根木棍，走到了狼的身旁，猛地用棍子劈头打去，恶狼见势不妙，忙四散逃走。一只狼躲闪不及，被米特尔一棍打得脑浆迸裂。

米特尔忙丢掉棍子，拼命地赶路。他明白，刚才逃走的两只狼肯定会搬兵来报复的。果然，山谷里传来阵阵狼嗥声，此起彼伏，一声接一声。不多时，从四面八方聚拢来一群大大小小的狼，足足有20多只。跑在最前面的是一只非常粗壮的大灰狼，它带领着身后的狼群，穿过树林，径直奔了过来。

米特尔内心一阵惊恐。他紧张地朝四周望了望，又抬起一根棍子。正在这时，狼群呼啦一声围了上来，一双双绿莹莹的小眼睛阴沉沉地瞪着他，发出低沉的吼叫声。米特尔望了望群狼的阵势，心里暗暗地对自己说："镇静，一定要镇静！"忽然，他发现左面的狼比较少，力量较弱。于是，他猛然大吼一声，用力举起棍子扫了过去，狼群纷纷闪开，又立刻围上了他，开始撕咬起来。

米特尔和狼群混战了一会，慢慢地感到体力有些不支。他偷眼看了看狼群外，发现前方有个小土垛，他心里一亮，奋力地抽打，乘狼群闪开之时，他拔腿就向小土垛跑去。群狼哪里肯放过他，紧跟着追了上去。米特尔一靠近土堆，就用棍子点地，一个撑杆跳，飞上了土堆顶端。群狼立刻将土堆团团围住，拼命地往上蹿。米特尔居高临下，哪只狼的头一蹿上来，就给它当头一棍，狼一声惨叫，滚了下去。

由于土堆较高，易守难攻，群狼无计可施，都趴在地上，只有少数几只狼用两只前爪趴在土堆上，向米特尔大声地吼叫着。大灰狼卧在地上呆了一会，忽然掉头就朝林子深处跑去。

米特尔感到奇怪，可没过一会儿，只见它驮着一只怪物回来了，这怪物全身灰白，前爪奇短，后爪特长，两只眼睛滴溜溜地乱转。米特尔一看这怪物，顿时出了一身冷汗，他认识这怪物，它叫狈，听人说这家伙不会捕食，全靠狼供养，但它却诡计多端，充当狼群的狗头军师，比人还聪明。

狈从大灰狼的背上慢腾腾地溜下地，一踮一跃地围着土堆绕了一圈，观察了一会地形，又低下头，好像在思考，随后它抬起头，朝狼群叫了几声。

刹那间，群狼又围了上来，但它们改变了战术，不像刚才那样盲目地乱冲乱跳，而是一个劲地扒土。米特尔吓坏了，看样子，自己真要完蛋了。他在上面急得直冒汗，伸手用棍子去打，又够不着，还差点从上面掉了下来。

一会儿，小土堆就摇摇晃晃了，看样子，它们再扒一阵，小土堆就要倒了。米特尔用手直抓脑袋，拼命地想着办法。忽然，他眼前一亮。对呀！口袋里还有不少自己刚从镇上的"中国城"买来的鞭炮，这玩意儿特响，一定能吓走狼群的。他高兴地一跺脚，小土堆顿时又晃了晃，眼看就要塌了。

米特尔忙掏出火柴和鞭炮，迅速点燃扔了下去。狼群还没瞧清掉下来的是什么，就听"噼哩啪啦"的声响，犹如晴天霹雳，吓得它们丢开土堆，窜到了一边，惊恐地四下看着。米特尔见这办法有效，忙将剩下的一串鞭炮点着统统扔了下去，顿时，"噼里啪啦"，炮声大起，火光直闪。狼群一哄而散，头也不回地消失在树林里。那只狈也给吓得一步三滚地往草丛里滚去，米特尔哪里肯放过它，他从土堆上跳下来，一棍子打在它的身上，狈就再也不动了。

此时，米特尔才长长地吁了一口气。他抬头看看，夕阳已经西沉，他拍拍身上的尘土，快步跑出小树林，赶回家去了。

费多加夫的死刑

　　1981年，波兰有个报复杀人的杀人犯，名叫费多加夫。这家伙长得人高马大，身高两米多，体重有115公斤，为人凶狠。波兰警察花了九牛二虎之力，终于将他捉拿归案，判以死刑。波兰有个心理学博士，名叫诺尔格兰，他正在进行一项心理学科研，需要实验材料。他获悉后，通过一系列的手续，终于被获准在费多加夫身上进行一个科学试验。

　　行刑那天，诺尔格兰博士将费多加夫带进行刑室(也可以说是个实验室)。这间行刑室很小，仅3平方米。室内除了一张窄窄的手术床外，就剩一辆不锈钢的工具车。工具车的平台上放着一只不锈钢盘子，盘子中放着一把雪亮小巧的手术刀和一只透明厚玻璃做成的接血槽。费多加夫一被带进这屋子，心里就充满了恐惧，尽管事前已同他打过招呼，但他只知道他将要接受一个能置人于死地的试验，至于怎样的试验他一点也不知道。

　　诺尔格兰博士让费多加夫躺在手术床上，脸上带着一丝微笑，好像在安慰费多加夫别紧张，又像为马上要进行实验而欣喜，又仿佛是一种幸灾乐祸。费多加夫望着博士脸上的怪笑，又看看工具车上的雪亮的薄刀和方形的接血槽，想到自己的生命将在这里结束，心里又一阵恐怖。他闭上眼睛，不敢再看周围的事物一眼。

　　押他进来的两名警察用双手死命压住费多加夫的双手，打开了他的手铐，把他的双脚牢牢铐在手术床上，又把他的左手铐在手术床左侧，然后两人松开手，毫无表情地出去了。其实，这根本没有必要，因为费多加夫早就吓得浑身没一丝反抗的力气了。他想象着这试验一定很恐怖，很痛苦，要不为什么要固定得这般牢固，但为什么右手又没固定？……费多加夫不愿再想了，他知道想也没用，上帝给予他的生命只有5分钟了，他甚至觉得上帝已向他招手。别做梦了！这样的人也能见上帝？！下地狱去吧！

费多加夫无力地睁开眼睛，想最后看一眼人间。这时，诺尔格兰博士走到他身边，仍是那副似笑非笑的神情。博士慢慢地戴上手术手套，然后将费多加夫的右手伸出手术室右侧板壁的小圆洞外。板壁那边装有一副手铐，"咔嚓"一声，将费多加夫的右手铐住了。诺尔格兰博士拿了刀和槽到那边去了。

费多加夫闭上眼睛。他知道现在死神真的降临了。他全身的血像凝固了一般，感觉有点模糊。

猛地，他听见隔壁一声高喊："死刑开始！"接着，他感到右手腕微微一痛，像是用利刀割开了他的静脉，马上，血在滴落，流向血槽。

3分钟后，滴血的声音开始变缓；5分钟后，滴血的声音已经断断续续。

费多加夫感到全身的血已经流尽，心脏的跳动也在缓下来，缓下来……

最后，他感到眼前的一切越来越模糊，身体也越来越轻，越来越冷。他仿佛觉得自己的灵魂已脱离自己的躯壳，飘来荡去，找不到一丝依靠。呼吸已微弱到了极点。心脏用尽最后一丝力量，作了最后的一搏，终于停止了跳动。费多加夫就这样死了……

过不多久，诺尔格兰博士手里拿着那把雪亮的利刀和方形的接血槽走进行刑室，他仍是出去时的那副神情，连接血槽也是空的。紧跟着法医和警察也进来了。法医对费多加夫作了仔细的检查，证实费多加夫的确已经死亡。

诺尔格兰在大家祝贺他实验成功时道出了实验的真相。原来，费多加夫压根儿没有出血，刚才静脉上的一刀是诺尔格兰博士用刀背划的，血滴声也是用水滴声冒充的。可是，费多加夫还是死了。

费多加夫到底死于什么？博士解释说，他死于情绪压力。由于费多加夫自己的错觉，以为自己的静脉被割开，血流光了，这样产生了极度的紧张恐怖情绪，这种情绪压抑着心脏，使心脏麻痹而停止跳动。于是他就死了。

这就是心理学上所谓的情绪致死。

神秘的哨兵

1924年初夏的一天，波兰的特拉伯德城外"轰"地传来一声惊天动地的爆炸声，无数的泥土石块被抛上天空。随着周围士兵的一阵欢呼，地下仓库的入口处露了出来。上尉朝站在身边的老头点了点头，然后下令："哈曼上士，点上火把，下去打开大门。"

哈曼一个立正，清脆地答道："是！"迅速点上一个熊熊的大火把。哈曼左手执着火把，右手拿着一根铁杆一步一步走下去。地下室隧道的拱道是石块砌的，很长很黑。据外面那个原白俄军队上校说，拱道的尽头是一座秘密军用仓库。

9年前，德国军队长驱直入，兵临城下时俄国军队来不及撤退，只好炸毁地下仓库的入口处暂时隐蔽。然而，以后这个城市不再属于俄国，惟一知情的俄国上校也因十月革命而流落他乡，他在生活困难时想起了这个秘密来，想捞几个钱用用。

哈曼的脚步声回响在空空洞洞的拱道里，显得阴森可怕。突然，里面传来一声严厉的吆喝："什么人？站住！"

吆喝声在拱道里嗡嗡炸响，吓得上士哈曼面如土色，屁滚尿流，扭头就往回跑。等他跌跌绊绊跑到洞口时，差点晕倒。同伴们吃惊地问他看见了什么，他哆嗦着说："鬼！一个鬼！"

上尉走上前给他一个耳光，大骂道："胆小鬼！神经病！走，看我去把你见到的鬼揪出来。"说完他手一扬，转身朝黑暗而又潮湿的隧道走去。没走多久，在那深不可测的黑乎乎的雾气中，又传来严厉的俄语吆喝声："什么人？站住！"接着，在一片寂静中，清清楚楚地传来了拉枪栓的声音。虽然上尉懂得俄语，这时，他也吓得两腿打颤。难道真的遇上鬼了？惊慌失措中，他忽然觉得如果真是一个鬼，未必会有枪，看来是个活人。于是，他鼓起勇气问道："你是什么人？"

　　里面回答说："我是守仓库的哨兵，在没有人接我的班之前，不允许任何人进入地下室！"上尉大为震惊，又问道："你知道你在地下室里已待了多少年？"哨兵回答说："知道，我是9年前，也就是1915年8月开始上岗的。"

　　上尉一惊，这真是个奇迹！他连忙向哨兵解释，9年来在地球上发生了许多变化，他所服役的沙皇军队已不复存在了。这时，那个哨兵才同意下岗。于是，士兵们帮助他爬出了这个活地狱，登上了阳光灿烂的地面。在大家还没有看清这个哨兵的面目时，他猛地双手掩脸，"啊"的一声大叫起来。在这一刹那间，人们才想起，他在黑暗中已度过9个年头，在出来之前，他是应该蒙上眼睛的。可是，现在晚了，他因一下子适应不了强光的刺激，双目失明了。

　　哨兵痛苦地挣扎着，嘶叫着。人们花了好大的劲，才使他安静下来。他开始讲述自己9年的地下生活。

　　原来，炸毁仓库入口处的那天，他正在地下隧道里站岗。突然，前面响起一阵强烈的轰隆声，震得他耳朵嗡嗡直响，脚下的地面抖动了一下。眨眼间，四周一片黑暗。显然，当时德军已逼近，慌乱中，人们忘了检查地下室里还有没有人。当他意识到自己被埋在地下时，他扒着泥土拼命地喊叫过。然而，一切努力都无济于事。后来，他慢慢地安静下来，开始检查仓库里的东西。

　　这里贮存着丰富的干面包、罐头及其他食品，足够一个连的人吃上几年。这里还有火柴和蜡烛，不愁黑灯瞎火。这儿是潮湿地带，地上挖个洞就能喝到水，不愁渴死。更为侥幸的是，拱道上原来凿有通风口，他不会闷死。他开始了漫长的地下生活。

　　不料，祸从天降。有一天，他睡到半夜，忽然被一团团浓烟呛醒。原来他日夜点的一支蜡烛倒了，点燃了旁边的绷带和棉花。等他将火扑灭后，发现火柴和蜡烛全被烧光。从此，他只好呆在永恒的黑暗中。直到他获释，才爬出这个活地狱。

　　可惜这位地下哨兵的视力，虽经多方治疗，始终没能恢复。后来，当地政府把他送回了他的家乡。

神枪手的决斗

19世纪，俄罗斯的上层社会流行决斗。那些男爵、公爵们个个都好勇逞强。谁跟谁要是一言不合，就一人一把枪，找个地方去决斗。决斗时还得找个有名望的人做证人。选定地点后，由证人量好距离，双方准备妥当后，或双方同时开枪射击，或是抓阄决定由谁先开枪。这种决斗在当时的俄国有明文规定，双方死伤都各安天命。

有一次，一个名叫西尔维夫的军官与一个年轻的伯爵在舞会上为争抢舞伴发生了口角，双方各不相让，闹得不可开交，最后决定决斗。

他们请斯维涅夫男爵做他们的证人。斯维涅夫看了看两个小伙子，问道：

"噢，亲爱的先生们，你们决定在哪里进行决斗啊？"

"对呀，还得找个地方呢！西尔维夫，我把这个权利让给你啦！"年轻的伯爵显得很自信。

"那我就不客气了。在圣乔治山的山坡上，如何？"

于是，年轻的伯爵、军官和男爵都准时来到了预定地点。

在证人的监督下，他们量好了距离，接着就开始抓阄。结果，伯爵获得了首先开枪的权利。

圣乔治山的山坡上洒满了夕阳的光辉，显得无比的宁静。两个决斗的勇士站在各自的位置上，静静地凝视着对方。

斯维涅夫男爵首先打破了宁静：

"伯爵先生，您可以开始了。"

"是的，先生。"

年轻的伯爵耸耸肩膀，微微一笑，两眼一直注视着对方，渐渐地，他提起握着枪的手，等到手持平后，毫不迟疑地就是一枪。随着"砰"的一声枪响，西尔维夫的帽子落在地上。

"该您了，西尔维夫。"伯爵摊摊手，显得那样轻松。

西尔维夫自小练枪，又是军官，所以，枪法自然很好，他有把握一枪就结果了伯爵。可是等他举起枪准备射击时，却发现伯爵只是安详地站在12步外，一面专心地挑出帽子里熟透的樱桃塞进嘴里，一面"呸、呸"地将樱桃核吐在地上，还朝西尔维夫微笑着说：

"勇猛的军官先生，您还在等什么呢？"

看来，他没有一点对死的恐惧。

西尔维夫凝视着年轻的伯爵，却觉得手沉甸甸的，怎么也下不了手。他想：他不怕死，我这时要走他的性命又有什么意义呢？

许久，他才阴沉沉地说："阁下，您对死亡好像并不感兴趣。我还是不打扰您了，您请吧！"

"随您的便，反正这一枪的权利是您的，在下随时恭候您的吩咐。"

说完，伯爵满不在乎地走了。

几年后，伯爵结婚了，夫人是位如花似玉的小姐。西尔维夫得到这消息，就起程到伯爵那里去。

这天傍晚，伯爵正带着爱妻骑马在外散步，仆人匆匆赶来，说有位远道的客人来了。于是，伯爵让妻子步行回家，自己则骑马先回家来。

西尔维夫一见伯爵，就要求偿还他所欠的一枪。可此时的伯爵已今非昔比，他爱妻子，生怕妻子受惊，就对西尔维夫说：

"请您赶快开枪吧！我不希望我夫人见到这种场面。"

可西尔维夫坚持重新抓阄，伯爵拗不过他，只好如此。结果又是伯爵先开枪。他拿起枪，慌慌张张地发了一枪，子弹正打在西尔维夫身后的壁画上。

接着就轮到军官了。当他慢腾腾地瞄准时，美丽的伯爵夫人进来了。见到有人用枪指着丈夫，她吓得脸都白了。她尖叫一声，疯狂地奔到西尔维夫面前，跪在地上，苦苦哀求他放了自己的丈夫。

伯爵又要面子，又爱妻子，见到这种情况狼狈得不得了。

这时，西尔维夫才笑道："够了，我已经赢了。因为，我已看到了你对死亡的恐惧。我放弃这一枪。"

说着，他走出门去。他走到门口，猛地回头，瞄也不瞄地随手一枪，子弹不偏不倚，正好打中壁画上的第一颗子弹洞。

飞越雪崩区

世界滑雪锦标赛中的高山速降滑雪正在瑞士境内的阿尔卑斯山进行。

挪威选手隆戈·普拉索是此次赛事的夺标热门。他今年才22岁，但滑雪的历史却有15年了。

他身经百战，经验丰富，可谓是雪中勇士。因此他刚一露面，就引起了记者们的关注。

这天，第一个出场的就是普拉索。他身穿蓝色滑雪装，戴一副宽边眼镜上场后深深地吸了一大口气，仔细地眺望滑雪的路线。

路线呈S形通往山下，周围尽是陡峭的岩石，冰雪不顾地心引力而牢牢吸附在与地面几乎垂直的岩壁上，地势相当险恶。在这里失足跌下是必死无疑的，但在这里施展滑雪绝技飞驰而下，却是滑雪健将毕生的梦想。

天空一片深蓝。天气温暖，岩壁上的冰雪在与雪橇接触时会形成软垫般的一层。如果滑雪者不小心，那等待他的就只有死亡。

普拉索小心地检查了每一件装备后，仰头长长地吸了一口气，一声呼啸，飞身而下。

这时，他抛开一切杂念，全神贯注，凭借不足一毫米的雪橇边缘与岩壁的接触，造成一种不可思议的微妙平衡。

高耸的岩石迎面向他扑来，呼啸的山风每时每刻都想把他和岩壁一毫米的接触扯开，但山风同时又托举着他，使他飞降的速度不至于太快。普拉索全身舒展，几乎成了高山和天空的一部分。

有几次，他完全是在飞行，贴着陡坡向下飞行。这种境界，只有在梦里才有。

突然，不远处传来了一阵震耳欲聋的轰隆声。糟糕！凭着丰富的经验，普拉索立刻明白，自己进入了一个极其危险的地带。由于天气变暖，一场意料不到的雪崩已经形成了。

现在，成千上万立方的冰雪正毫无顾忌地冲下来，一道道冲沟汇成一条汹涌的流槽，即将在他前面形成一个巨大的漏斗形的尖嘴。

如果不抢先在这漏斗的尖嘴上滑过去，雪崩的巨流将挟带着他冲下万丈深渊。想到这，他使劲撑着滑雪橇，奋力向前冲去。

巨石似的雪团带着如高楼倒塌般的巨响，从他身后滚滚而下，有一个雪团只差几秒就砸在他身上。

当他横滑进已形成的漏斗尖嘴时，发现雪崩已在流槽中央冲出一条五米宽的鸿沟，逾越它已经不可能，只能沿着沟侧滑下，来一场与雪崩的赛跑。

当然，冰雪冲下来是沿着一条现成的路，而普拉索却是不停地开辟新的道路。

果然，就在他沿沟槽下滑不久，一块凸出的巨石就挡住了他的去路。不越过巨石，他就会被身后的冰雪狂流赶上。

普拉索沉住气，先缓缓前进。为了降低速度，两块滑雪板的尖端几乎碰到了一起。当靠近巨石时，他加快速度，用雪杖奋力一撑，全身调动成上跃姿势，像飞行的鸟儿一样腾空而起。

这时，他感到自己简直要与蓝天融为一体了。这种奇妙的体验是从未有过的。

身后传来一阵哗啦啦的声响，冰雪狂流冲向巨石，迸溅出满天碎玉琼花。普拉索早已拐了个弯，滑向一处回旋余地较大的山坡。虽然他被溅得浑身是雪，但他知道自己已成功地战胜了一次死亡的威胁。

然而，很快另一场雪崩又形成了，冰雪像环形的瀑布，铺天盖地地向他所在的陡坡倾泻过来。

他只得左旋右转，既要防备从陡坡上失身跌下，又要防备雪崩迎头而来或从背后赶上，大脑的运动中枢像最精密的电子计算机一样工作着。

他终于离雪崩的危险地带越来越远。

不一会儿，他滑行到一处悬崖顶上。悬崖下是一段紧贴着岩壁的雪槽，普拉索不知道它是不是坚实。如果它被自己的体重压塌，整条雪槽垮掉，他就将功亏一篑。

普拉索抬腕看了看手表，时间已经不允许他折回身另选道路了。他决定孤注一掷，从这儿滑下去。

他睁大眼睛注视着脚下的每一颗雪粒，一步一步地走着这条令他永远难忘的"死亡之路"。他的滑雪板翘到与地面垂直，简直是让地心吸引力拖着他下山的。

幸亏这段路上有些犬牙交错的岩石，否则他的垂直向下滑行只能引他进入地狱。

当普拉索的滑雪板与地面的角度渐渐变小的时候，他对已经过去的种种危险变得十分依恋起来。前面是一条笔直的冰雪大道，离终点十分近了。普拉索幸福地喘了口气，向终点滑去。

普拉索不负众望，一举夺得比赛的冠军。

当记者问他有什么感想时，他说，这次比赛将永远留在他的记忆里。

的确，这回他不仅超越了自己，而且还战胜了令人生畏的雪崩。

钻石奇闻

南非有个叫马祖克的小地方，那里盛产钻石，世界闻名。

那里有两个矿井，两个矿井之间有一个悬崖。这悬崖的形状很奇特，上半部分大，下半部分小，远远望去很像一只倒置的梨。悬崖很陡，高不可攀。

很久以前，人们就已经发现了这样一个奇怪的现象：每当日光照耀，悬崖的顶端就会发出一闪一闪的光芒。

于是，人们就猜测悬崖的顶端蕴藏着无数的钻石。渐渐地，这种猜测被传开了，而且越传越远。

许多人在听到传闻后，都兴冲冲地赶到马祖克的悬崖下，想碰碰运气，上崖探宝。可是，没有一个人敢爬上去，一是因为悬崖实在太陡，简直就像垂直于地面；二是悬崖的顶端是黑雕的巢穴，那些黑雕凶恶无比，人根本无法靠近它们。

后来，也有3个欧洲人去试过，但还没等他们靠近崖顶，那些黑雕已一齐冲下来，将他们连啄带抓，撕碎后吃掉了。

那黑雕后来就被非洲人称为"钻石的守护神"。

马祖克当地有一个名叫托米利的小伙子，他家祖祖辈辈都生活在马祖克，所以，对于那里的一切都十分了解。他并不相信悬崖上的黑雕是钻石的守护神，他还告诉人们，那些黑雕只是因为饥饿或害怕人类会去侵扰、伤害它们，破坏它们的巢穴，所以才会啄死那些爬上悬崖的人。可是，人们都相信黑雕是神，是保卫山顶的钻石的，没有人相信托米利的话。

为了让人们相信自己的话是真的，托米利决定亲自试一次，同时，也看看那悬崖顶上是不是真有钻石。

有一天，托米利从城里买了一个头盔，并让人做了一身铁甲和一副马铁甲，还买了一车带血的鲜牛肉，剁碎后装在车上。

托米利戴好头盔，穿好铁甲，给马穿上马铁甲，把一车牛肉套在马身上，就出发了。沿途遇见的人都觉得托米利十分可笑，但他却一点也不在乎，只是友好地向他们打招呼。

托米利来到悬崖下。他仰头向崖顶望去，只见黑雕正用它那又凶又亮的眼睛盯着自己，不时地拍几下翅膀。

托米利铲起车上的牛肉向天空抛去，一下子，血淋淋的牛肉便四处乱飞。

黑雕闻到了血腥气，它们一蹬腿，展开庞大的黑翅飞了下来，抢着啄牛肉，接着又衔着牛肉飞回去美美地吃起来。吃完了，见托米利的车上还有很多牛肉，就又飞下来啄，接着又飞上去稳稳地吃。

它们飞上飞下、来来去去地啄食牛肉，并不去啄骑在马上的托米利。

因为太阳太烈，托米利想把马牵到紧靠悬崖的地方。这时，崖顶的一只黑雕以为他要爬上去破坏它的巢穴，顾不及放下嘴中的牛肉就俯冲下来。

只见那黑雕张开锐利的爪子在托米利头盔上狠狠一抓，然后大叫了一声又飞走了。它这一叫，原来衔在嘴里的牛肉就掉了下来。

在掉下的牛肉里，托米利找到了一粒绿豆大小的钻石，是粘在那血淋淋的牛肉上带下来的。

托米利大喜，就每天全副武装，拉着一车鲜牛肉到悬崖下喂那些黑雕。用这种方法，他一天能得到两三粒钻石。一个月后，他获得了28颗钻石。

恐怖坳

非洲的马里有个名叫斯腾族的部落，是个原始部落，部落里的人非常野蛮。当外族人闯入或本族人犯法时，他们都把这些人捉住，让全部落的人吸他们的血，吃他们的肉。这个吃人的部落在马里的一个偏僻山坳里，外面的人称这个山坳为恐怖坳。

英国有个著名的女探险家，名叫索丽玛·杜斯莫。她听说这个部落后，决定去探险。

1895年8月，索丽玛带了4名阿巴若羌族人和一名伊勒作克族的翻译，同时还带上一些必备药物与小礼物就上路了。一路上他们遇上了不少的野兽毒蛇，走过了许多泥潭沼泽，翻山越岭来到了使人闻风丧胆的恐怖坳。

6个人先在山坳边的树林里对恐怖坳进行观察，发现坳里静悄悄的，没一丝声响。他们小心翼翼地走进恐怖坳，只见坳里空荡荡的没有一个人。索丽玛明白，这里随处都潜伏着危险。但她向来胆大，仍挺着胸脯继续走，其他5个人惴惴不安地跟着。

来到山坳中心，突然一个身穿黑色外衣的男子出现在面前。他修长的个子，五官端正，身体强壮有力。索丽玛他们停住了脚步，那男子用冷酷的目光盯着他们，嘴里发出一声长啸，似猿啼如虎啸。索丽玛等人听了不由得毛骨悚然。

这时，不知从哪里冒出许多像那男子一样打扮的人，男的女的、老的少的一大群，只是那男子腰间比他们多一条红腰带。他们把索丽玛等人紧紧包围住，眼里充满了敌意，手里或拿着石块，或拿着削尖的木棍，也有几个人拿着尖刀。没容索丽玛等人解释，那男子已叽里呱啦地叫人把他们6人捆起来，每人绑在一棵树上。

夜幕降临，斯腾族的男女老少赶集般地来到绑着外来人的林子里。他们点起篝火，又唱又舞。折腾了一阵后，那男子站出来，狂欢的人群马上静了下来。那男子又叽里呱啦地讲开了，翻译对索丽玛说，那男子说要杀掉他们，举行烤肉会餐。

那男子说完，就有6个拿刀的壮汉跑到他们面前，索丽玛见了差点晕过去。这时，那男子挽着一个老妇缓缓走来，想是来做用刑前的视察。当走到索丽玛面前，索丽玛发现这老妇身上长满了脓包，索丽玛知道这是疮。

老妇视察后，那几个屠夫又上来了。索丽玛连忙叫翻译对他们说，她会医治那老妇的脓包。翻译把话传给那男子，那男子一听，似乎很高兴，挥手叫屠夫们退下，松了索丽玛的绑。索丽玛就用带来的药替老妇擦上，片刻那些疮就愈了大半。那男子很高兴，原来这老妇是他母亲。他放了索丽玛，并招待她好菜好肉。索丽玛一看摆上来的菜肉都是人的手指脚趾，吓得她直恶心。

任索丽玛怎么要求，那男子都不肯放了其余5人，并一定要索丽玛喝了这5人的血汤再走。索丽玛知道让放人已不可能，就求他宽限一天，那男子答应了。

深夜，族人们都回去休息，只剩下两个看守。索丽玛决定趁黑去救同伴。她带了把匕首，摸索着来到那树林。因人生地不熟，她一脚踏空，掉进一个土坑里，一股腥臭味扑面而来。索丽玛用手一摸，呀，里面全是吃剩的人头和肚肠。她吓得连滚带爬逃出这个土坑。她丧魂落魄地来到绑着人的地方，见两个看守正在火堆边啃烤肉，而5个同伴神情沮丧地耷拉着脑袋。索丽玛沿着树阴悄悄地接近那5个人。两个看守好像发现了什么，起身朝索丽玛藏身的树阴走来。他们张望了一会儿，搭上箭"嗖"地向她射来，索丽玛急忙趴倒在地。只听前面灌木丛中发出响声，接着滚出一只受伤的獾，那两人过来捡起就走。

索丽玛喘了口气，俯着身子蹑手蹑脚地来到同伴的后面。5个人发现了索丽玛，都很惊喜。索丽玛用匕首割断绑着的绳子，但如何逃出去又成了问题。如果6个人就这样逃走，难免会被这两人发现，再被捉住后果不堪设想。因此只能把这两人除掉。但怎样除才能不让他们发出声音？索丽玛想了会儿，有了好主意。她让同伴们假装仍绑着，然后她假说来与同伴告别，让那两人带她到同伴面前。趁他们不注意，大家一哄而上，将两人捆住并塞上嘴。这样6个人才放心地向山坳外逃去。

一路上，他们跌跌撞撞，历尽千辛万苦，终于逃出了吃人部落。

木筏壮举

　　1899年，人类的航海技术随着先进仪器的发明日益进步。美国佛罗里达的一位教授声称，只要顺着同一纬度向前航行，佛罗里达人就能渡过大西洋来到撒哈拉大沙漠边的重镇古埃尔腊港。但在世界海洋图还没详细绘制出来的当时，谁都不相信这句话。

　　教授有位学生名叫阿尔坦，他对此半信半疑，但他说："我可以用行动来检测这句话对不对。我将乘坐一只大木筏，从佛罗里达半岛下水，让方向一直保持在北纬25度，等我渡过大西洋时，就会弄明白目的地是不是撒哈拉大沙漠！"

　　人们都被他傻里傻气的"豪言壮语"逗笑了：谁会为了一个教授的假设去冒这么大的险呢？再说，要弄清结论是否正确，完全可以乘坐安全的海轮去呀！

　　阿尔坦笑笑说："从迈阿密到非洲撒哈拉的海路根本没有探明，哪一条海轮敢去探险呢？再说，海轮还不及我的木筏经得起触礁和渗水！"

　　一席话又把大家逗乐了。

　　几天后，阿尔坦亲手制造的木筏在佛罗里达半岛上的迈阿密海滩下水了。当人们将航海设备和干粮捆绑在木筏上时，都怀疑他会不会活着回来。

　　阿尔坦的木筏上还挂着帆，航行的起初几天，朝非洲大陆吹去的西风顺利地把他送出了佛罗里达海峡，但当木筏驶离大阿巴科岛后，大西洋湍急的海流容不得他高兴了。海水汹涌，浪谷越来越深，波峰越来越高，木筏被一只无形的巨手随意抛上抛下。

　　阿尔坦镇静自若，他将自己也捆绑在木筏上，任凭波涛像山一样压过来。有几次，他还笑着喊道："咆哮些什么呀，我的木筏是只大筛子，存不下水的！"

　　果然，海水冲击到由一根根圆木组成的木筏上，很快就从它的底下泻走了。木筏安然无恙地浮在海面上，迎接一次又一次巨浪的扑打。有几次，阿尔坦还从圆木之间拾到随着海浪冲上木筏的大鱼。他将鱼头和内脏去掉，像嚼胡萝卜那样把鱼生吃掉。

　　使他产生危机感的不是巨浪，而是几场下个不停的暴雨。这种海上暴雨还夹带着细小的冰雹，一下子将海面上的气温弄得很低。阿尔坦将所有的衣服都穿上，还裹上雨衣，仍抵挡不住寒冷的袭击。他测量一下温度，温度并不太低，摄氏12度。但是他知道，人的体温必须保持在摄氏32度以上。风雨中，体表的热量不断被大量带走，这是十分可怕的事。每当风雨袭来，他就立刻吞下大量脂肪，再把自己捆绑在木筏上，以免自己体温过低时产生眩晕，跌进海里淹死。

　　阿尔坦离开迈阿密海滩半个月后，天气又放晴了。他查看了一下仪器，发现航向仍保持在北纬25度左右，心中十分高兴。他将帆又支了起来，修好舵，继续向前航行。

　　第三天，空中聚集起乌云，不久就打起雷来。他心想，只要不下大雨就好了。谁知，一个球形闪电在他头顶上炸开，一下子就把他的帆烧着了。没等他设法救火，球形闪电一个个炸了开来，吓得他连忙趴在木筏上，连眼都不敢睁一下。

　　可怕的雷击接连持续了近半个小时。雷暴过去后，乌云又骤然散开了。阿尔坦马上发现，木筏上的帆完全烧毁了。捆绑在桅杆附近的航海仪器也全被雷电击毁了。只有他手腕上的指南针还能告诉他航行的方向。

　　他振作起精神，把自己几乎全部衣服都拆开来，重新缝制出一张帆，将它挂上桅杆，继续航行。这一次，他再也不敢小看海上的雷电了。天空中一出现闪电，他就收下帆，再放下桅杆，直到雷暴过后再扬帆航行。

　　在他遥遥望见非洲大陆时，木筏前又出现了一条30多米长的巨鲸，它的呼吸声像打雷一样，使阿尔坦心惊肉跳。这时，他又只好收下帆，拼命划动木桨，使木筏绕过巨鲸，再拨正方向，朝那灰蒙蒙的大陆驶去。

　　当他踏上非洲大地一问，这儿正是古埃尔腊港时，他顿时热泪盈眶，连连吻着手腕上的指南针。他知道，如果没有这最起码的"仪器"，他的全部努力将付诸东流。

神 鹰

1925年的一天，美国《纽约时报》登出一则新闻：旅居美国的法籍富豪迈曼尔出25000美元，奖励任何一个首次从巴黎到纽约或做反向不着陆连续飞行的飞行员。

消息传出，世界航空界为之震动。飞行员们更是兴奋异常，一个个跃跃欲试。可是，半年时间过去了，没有一个飞行员真的去冒这个风险。因为两地之间相距甚远，加上大西洋上空风暴频繁，气候恶劣，谁也不愿拿自己的性命去开玩笑。

美国的青年飞机驾驶员诺比听说后，特地从加利福尼亚买了一架单引擎飞机，同时，郑重通知迈曼尔，他将进行此项飞行。

5月10日，诺比驾机启航了。飞机像一只展翅飞翔的雄鹰，穿云破雾飞上蓝天。半天时间，广袤的美洲海岸就变成了一条黑线，渐渐地从他的视野里消失了。当飞机从亚速尔群岛北端经过时，太阳沉入海平线，黑夜降临了。夜间飞行更加困难，诺比全神贯注地把握着飞行的航线。糟糕的是，晚上10点以后，他开始打起瞌睡来，再也支持不住了。两眼一合，只听"呼隆"一声，飞机猛地低头从4000米高空直向大海栽去。他惊醒了，一拉操纵杆，又驾驶着飞机升上高空。为了赶走睡魔，他索性打开密封舱上的玻璃，让冰凉的寒风刺激自己的头脑。这一招果然有效，他睡意全无，开足马力，向遥远的欧洲大陆飞去。

半夜时分，机身越来越沉，飞行速度开始减慢。诺比心头一惊，顿时紧张起来。他急忙拉开玻璃，伸头往外看，原来是高空的寒流使机身上结了一层厚厚的冰甲。此刻，飞行的速度更慢了，引擎"嗡嗡"地响着，好似一头喘不过气来的老黄牛。不排除冰甲，就有机毁人亡的危险。他的眉头一皱，猛地压一下操纵杆，降低了飞行高度。半小时后，机身上的冰甲在低空的暖气流中渐渐融化，机身的重量变轻了。他这才松了口气。就这样，他时而低飞，时而高翔，历尽千辛万苦，终于战胜黑夜，迎来了万里航程上的第二个黎明。

金色的朝阳从大海里跳出来，把蔚蓝色的海面照得波光闪闪。诺比心情振奋，腾出左手，往嘴里送了几块蛋糕，继续朝大洋彼岸飞去。

突然，他发现油标仪的指针急剧下降，油箱里的汽油不多了。时高时低的飞行耗油过量，现在即使中速飞行，也只能在距巴黎600公里的海峡群岛着陆。

在接近胜利的时候，又将面临失败。诺比不由得拍了一下脑门，懊恼地叹了口气。

此刻，碧波荡漾的海面上出现一座小岛，小岛中央的飞机场上空，一面英国旗在迎风飘扬。诺比摆一摆机翼，迎着机场俯冲下去，准备去英国人那儿借一点汽油。可是，当飞机的轮子快要贴近跑道时，他把机头一抬，又直向高空飞去。他差点忘了，中途不允许停留。只有直飞巴黎，才能算是成功。他紧紧地握着操纵杆，凝视前方，在设计着最佳的飞行方案。忽然，他发现一只海鹰正在远方的天际间展翅盘旋，他心中豁然一亮，有了主意。

他一下子把飞机升上6000米高空，然后减弱油门，学着海鹰的样子，在空中滑翔飞行。可喜的是，不大一会儿，又来了一阵强劲的西风。"啊，上帝保佑。"诺比快活得喃喃自语，干脆关上油门，完全借助风力飞行起来。

太阳西斜，英伦三岛远远地出现在他的视野之中。他打量了一下油标仪，节省下的汽油已经足够到达巴黎了。他精神焕发，哼着小曲，加大油门，全速向欧洲大陆飞去。

巴黎时间22时整，诺比驾驶着飞机像一只神鹰，在巴黎布尔查机场安全着陆。刹那间，巴黎沸腾了。市民们奔走相告，潮水似的拥向布尔查机场。原来，法国人民对他的行动非常关心，早在他起飞时，法国电台就向全国人民报告了他可能到达的时间。

诺比成功的消息通过无线电波，当晚就传到美国。美国参谋长联席会议连夜召开会议，做出授予诺比空军上校军衔的决定。航空界称赞他是"飞越大西洋的神鹰"。

月亮女神

　　杜宁佳是世界闻名的美国女探险家。她从事探险以来，只要是冒险的事情，她都必定亲历一番。

　　一次，她听说东非大裂谷景象万千，惊险无比，尤其是那大瀑布、活火山，就似天降的珠帘和出炉的钢水，可谓奇丽壮观。于是，她不远万里，克服艰难险阻，从南到北把大裂谷走了个遍。

　　今天，她听说厄瓜多尔南部地区的亚马逊河盆地，有一个尚未开化的部落，保持着原始生活状态。于是，杜宁佳作了番准备，出发前往那里，想看看那个野蛮的部落是否真会"生吃活人"。

　　那天，杜宁佳几经辗转，终于来到这个部落居住地附近，并找了一名向导同往。两人徒步走了两天，来到一座原始森林的边缘。

　　向导告诉她，在森林里还得再走两天，才能进入部落聚居地。两人晓行夜宿，到了第三天中午，突然感到这里的树木特别高大茂密，大白天竟同傍晚时分一样，加上林中异禽怪兽的鸣叫声，真令人毛骨悚然。一向以胆大心细自诩的杜宁佳，此刻也不免感到恐怖起来。

　　他们又走了大半天，才在林中一处避风的大树根下歇息。由于连日的疲劳，他们晚上睡得特别香甜，直到次日清晨，忽听得远处传来阵阵"噢，噢"的喊声，杜宁佳正欲跑出去看个究竟，被向导一把拉住。

　　此时，只见向导脸色惨白，他惊恐地说道："你千万不能出去，因为这时他们正在围猎野兽，如若被他们发现，定被毒箭射杀。"两人只得在原地躲了半天，耳听四周已悄无声息，才起身向部落村庄走去。

　　就在他们离部落不远的地方，忽然一支带哨的响箭从他们头顶飞过。这箭既是对外来人的警告，又是向部落发出的警报，告诉同伴发现了敌情。

　　向导立即要求杜宁佳和自己一样，双手抱头背朝村庄蹲在地下，示意自己并无恶意，更不是入侵的敌人。过了好大一会工夫，数名壮实的男人来到他们跟前，命杜宁佳两人双手反背，低头弓腰，跟着进了村庄。

片刻，林中四周"噢，噢"之声大作，许多男女老幼手执棍棒弓箭和石斧石块，不停地又叫又跳，间或发出几声吼叫。

杜宁佳完全不懂是什么意思，偷偷询问向导，向导低声说道："这是一种庆贺获得猎物的仪式。同时，又是向我们作出的示威和警告。"

就在两人不知所措之时，只见一群妇女口中不停地叫着"雅玛劳玛"，接着一拥而上，围着杜宁佳低首下拜。

向导急忙招呼杜宁佳："啊！你真了不起，想不到她们称呼你为女王呢！"杜宁佳一听，心中坦然了许多，但不知为什么称她女王。

友好之情洋溢在人们的欢声笑语中，特别是年轻的姑娘们，都围在杜宁佳的四周，不时望望这飘然而至的白皮肤女人，又在她身上抚摸一阵，然后俯下身子，口中不住叫着"雅玛劳玛"。杜宁佳逐渐明白了，她们把她当成了"女神"。

这真是个未开化的部落。男男女女都赤身裸体，脸上画着红黄条纹，头上插着羽饰，人们住在用棕榈叶盖的棚屋里，说着人们听不懂的语言。

直到傍晚时刻，有人送来了各种野果，并让杜宁佳一人住进新搭成的绿色小屋。

夜已深了，杜宁佳甚觉困乏，正欲睡着时，忽听得周围响声不断，朦胧中忽见一似人又似鬼的黑影，在屋外跳动不息，时而朝着屋里张望，时而挥舞手中的东西。

杜宁佳吓得魂不附体，彻夜未眠。直到月亮西斜时，才又恢复了平静。

在以后的几天里，杜宁佳和部落里的人越来越亲近了。一天早晨醒来，她发现屋里摆满了各色鲜美水果。另外，在一张棕榈叶上放着一块兽皮和一支美丽的长羽毛。当太阳刚升上天空时，走进一位头领模样的老人，在他身后还跟着几名年轻女人和向导。

向导告诉杜宁佳：很早以前，部落里有位女王，和她一样洁白美丽，犹如天上的满月，人们都称她为月亮女神，可惜后来她被别的部落杀害了。

前几天当人们看到杜宁佳时，以为女王又转世回生了。所以，部落首领要求杜宁佳换成部落人的装束，脱去外衣围一块兽皮，并在后天晚上月满时，举行拜月仪式。

来自文明社会的杜宁佳实在羞于裸体，显出十分为难的样子。

可是部落人不愿意了，容不得杜宁佳分说，几名年轻女人一拥而上，要扒衣服，急得杜宁佳哭笑不得，答应由她自己换装。人去以后，杜宁佳为自己设计了一套独特穿着，并编造了一套话说服了众人。

拜月仪式的当晚，皎洁的月光把林中照得一片雪亮。

杜宁佳头戴羽冠，身穿鲜花编成的背心，下身围着一条花裙，带领全部落的人参拜月亮，祈求月亮给部落带来幸福和兴旺。

空中救人

这天上午10点钟左右，美国旧金山市消防中心办公室里，年轻的消防队员约翰·沃伦斯正慢慢地品尝着他的咖啡。

突然一阵急促的电话铃声响起。

约翰拿起话筒，以为又是什么地方失火了，但是耳边却传来了一个中年男子的颤抖的声音："……莎，莎士比亚公寓，16楼阳台……我，我的妻子，要跳，跳楼自杀……请你们快，快来救救她……"

约翰来不及仔细考虑那个中年男子把电话打到消防队要求救人是否合适，扔下话筒就十万火急地冲出门外，正好撞上了他的好搭档巴里·科辛。

他一把拉住巴里，驱车赶往莎士比亚公寓，在途中，约翰向巴里简略地说明了事情的前后经过。

正当他们赶到莎士比亚公寓附近的街区时，堵车了。交警传来的消息说前面有人要跳楼自杀，约翰和巴里赶紧跳出车子，在拥挤的街道中挤了上去。

他们赶到现场，发现公寓下面已是人头攒动，16层的阳台上，一个女人站在上面哭着，闹着，正要准备跳下来自杀，而她的丈夫在公寓下面绝望地对着楼上呼喊。

当他看到约翰和巴里时，像抓到一根救命稻草似的苦苦恳求他们务必救救他的妻子。

约翰和巴里拿出随身带来的一根带有皮带套的攀登绳索，简单地商议了一个急救措施，便冲进了公寓。

16楼的那个房间已经被反锁上了，怎么推也推不开。于是，他们立即奔上17楼的房间进入阳台。

约翰是个攀登能手。这次，他果断地命令巴里把皮带套箍在自己的腰间，攀登索的一头牢牢地缚在17层阳台的铁栏杆上。然后，巴里将绳索慢慢地吊放，而约翰则缓缓降下去，他打算在跳楼人不防备的情况下突然抱住她，以达到救人的目的。

跳楼人朝下面的大街看了几次，看来她准备下最后的决心了。而此时，上面的约翰正在小心翼翼地一点一点接近她。

就在约翰将要抓住她的一刹那，她终于闭上眼睛，纵身一跃跳下了楼。

说时迟，那时快，约翰来不及多想，也不顾一切地跟着往下跳。而此时，上面的巴里也同时将手中的绳索迅速放松。

于是，约翰和跳楼女人像两块石头在半空中急速下坠。下面围观的人都惊叫着，不知所措，只能眼睁睁地看着死神的脚步一步一步朝两人逼近。

而就在这短短的几秒钟内，约翰的下坠速度不断加快。刹那间，约翰的脚触到了那个女子的头部，随后降到了女人肩胛的位置了。

就在这千钧一发的时候，约翰急中生智，他双腿用力朝前面划了个半圆，然后快速收回，他突然感觉到全身充满了超人的力量，两条腿像铁钳一样把那女人紧紧夹住。

然后，他缓缓弯下身抱住了那个女人，紧张得脸上冒出豆大的汗珠。但是他们下坠的速度却仍还在不断地加快着。楼下的人都揪紧了心，他们都张大着嘴，倒吸着气。有人叫着："快去叫救护车！"但是没有人去，人们一个个都像钉子一样伫立在原地。因为所有的人都知道，一旦从16楼摔下来，最好的医生、最好的药物都是无用的。

人群里几个年长的人都闭上眼，不忍心目睹这一悲剧。

有人在胸前画着十字，希望能有奇迹发生。

约翰此时的紧张心情一点儿也不亚于底下的群众，而且应该说有过之而无不及。

约翰觉得整颗心悬了起来，就快跳出嗓子眼了。耳边是呼啸而过的风声，除此之外，他什么也听不到。

约翰感觉像掉进了一个万丈深渊，下面有个人在向他神秘地招手，那个人的脸上蒙着面纱。约翰拿去了他的面纱，看清楚那原来是死神。

约翰感到从未有过的威胁，他干脆闭上了眼睛，静静地等待。他的眼前浮现出亲人的面庞：他慈祥的母亲，他尊敬的父亲，他亲爱的女朋友……

"如果我一旦……他们不知会伤心得怎么样呢？我的妈妈身体一向就不好，可不要伤心得身体垮掉。"

约翰又想起了上一次他执行任务时危险的一幕。那次是市郊的一幢住宅楼的火灾，约翰为了救一名小姑娘，爬上8层，他抱着小姑娘，处在一片火海的包围中，但最后他还是幸运地冲出了火海。

"不知道这次有没有这么好的运气！"

仿佛过了好几个世纪，约翰感觉到全身重重地一震，绳索突然拉紧，然后，他和他紧紧抱着的跳楼女人就不再下坠，在半空中晃动着。

约翰缓缓地睁开眼，发现自己被吊在离地面人群仅一英尺高的地方。

人群中爆发出了一阵长时间的欢呼。这是对他智慧和勇敢的称颂。

巧遇雪人

1986年的冬天，苏联动物学女科学家斯捷蒂柯娃为进行一组关于雪原动物的科学研究，来到阿富汗山区进行考察。这天，她在当地雇了两名向导进入阿富汗境内的大雪山。在两名向导的带领下，她在齐膝的雪地里跑了一天，收获固然不少，但人也累得不行了。于是夜里就地宿在一间猎人住过的小木屋里。这间小木屋建在背阳的山坡上，外面积满了雪，乍一看还以为是一个小雪包。距离木屋30米外是一大片森林。

尽管这小木屋废了多时，里面的条件极差，但累了一天的斯捷蒂柯娃还是酣然入梦。睡到半夜，天气骤然变冷，斯捷蒂柯娃被冻醒了。她听到屋外狂风刮得森林呜呜作响，风卷着积雪打在木屋的木窗子上，"咣啷咣啷"地直响，好像要吹开它一般。

突然，她听到在这些声音中还夹杂着一种奇怪的声音，"骨碌碌骨碌碌"，听上去像是有人在滚木头。但滚木头的声音并没有这么沉闷，再说谁会深更半夜在这样的鬼天气中滚木头呢？那奇怪的响声越来越清晰，不一会儿，就好像在门外了。斯捷蒂柯娃心里不由犯了疑，难道是某种动物的叫声？但自己研究动物少说也有20多年，对动物的叫声了如指掌，好像动物中还没有这样的叫声。难道是森林中的树被风刮倒，沿坡滚下来了？那更不可能。地上积雪少说也有半米，树干被深埋在雪堆里，很难吹倒。再说森林中多是不落叶的雪松，即使刮倒，连枝带叶怎么滚？那"骨碌碌骨碌碌"的声音仍旧响着，中间还有点间歇，仿佛就贴着木屋门。

斯捷蒂柯娃更觉得奇怪，决定出去看个究竟。她蹑手蹑脚地走到门边，贴着门板从门缝里张望。外面雪下得很大，周围被雪映得如同白昼，好像并没有什么东西，她又觉得那声音也许是风发出的呢。她正准备回到床上去，突然，影影绰绰的似乎有个黑影从雪地里冒出来。那黑影越来越高，并且在向门挪动。她吓了一跳，这是什么？是个人吗？她竟不由自主地打开门，想去看个究竟。她刚"呀"的一声打开门，就见到在门外距离她一米的地方赫然站着个庞然大物。

这庞然大物好像孩子们在雪地里叠的雪罗汉一般，胖胖的，身高在两米以上，浑身上下长着雪白的长毛，在月光的映衬下，光洁的白毛皮上好像抹了一层油，光亮亮的。它头大如斗，两侧长着两只巴掌大的耳朵，但也被长长的白毛盖着。它的两眼有灯泡般大，呈绿色，好像没有眼白，在月光下荧荧地发着绿光，如青蛙一般紧盯着斯捷蒂柯娃。由于头发过长，看不清它的鼻孔，但显然是有鼻子的，因为脸中央有一撮白毛隆起。嘴巴却看得很分明，因为嘴巴周围的毛特别短，没能遮住。它的嘴巴向外撇，宽宽的，如猩猩的嘴一般。两粒雪白的门牙呈八字形向外伸出，但不尖。它的嘴没有一刻停止，像在咀嚼什么，又像在同斯捷蒂柯娃说话，"骨碌碌"地响个不停。它上肢极长，下肢很短，两腿呈"O"形，也许是由于上体重量太大而压弯的。斯捷蒂柯娃看着它那副森然欲扑人的样子，虽然有些紧张，但仍十分镇静。她想它可能就是通常所说的"雪人"，必须拍一张照片下来。她连忙转身去拿照相机，并想如有可能，还要与它交个朋友。但就在这么一瞬间，那雪人已快步流星地直朝森林奔去，一眨眼就消失得无影无踪，只在雪地上留下一串每个长达50厘米以上的巨大脚印。

看着地上巨大的足迹，斯捷蒂柯娃感到非常奇怪。因为这个庞大的雪人的足迹竟很浅，不足两厘米，而斯捷蒂柯娃身高只有一米六五，双脚刚一踏到雪地就陷进一英尺之深，难道这雪人轻如鸿毛？斯捷蒂柯娃觉得不可思议，赶紧拍下那串足迹。可以断定，雪人是存在的。

和鳄鱼拔河

　　芝加哥南茜夫人有一个儿子，一个女儿，丈夫是位商业经纪人。她家很富裕，除了在芝加哥有个很像样的家外，在佛罗里达州墨西哥湾附近，还有一幢别墅。这年冬天，南茜夫人带着儿子和女儿先到别墅去"避寒"了，丈夫因为生意场上还有些事要办，准备迟几天再去。

　　一天下午，南茜夫人和儿子、女儿坐在别墅的大草坪上喝咖啡、听音乐、看书报。儿子杰克突然提出要去池塘里学潜水。在征得了妈妈的同意后，杰克从屋里拿来潜水衣、潜水面罩、橡皮大蛙蹼，向坪外20多米远的一个大池塘走去。

　　大池塘的水碧澄清澈，水温适宜。它连着一条河的支流，而那条河又通向墨西哥湾。杰克穿好潜水衣，戴上面罩，套好蛙蹼，一头扎进了池塘，尽情地潜下游上。

　　"妈妈，舒服极了！你们也来吧！"杰克向20多米外的南茜夫人叫唤。

　　"玩你的吧，今天我不下水了。"南茜夫人回答道。

　　约摸一个小时以后，杰克正潜到池塘底的水草间玩着，突然，发现前方五六米处有一个黑乎乎的大家伙正向他游过来。杰克定眼一看，哎哟，不好！一条大鳄鱼！杰克想转身逃开，但已经来不及了。说时迟，那时快，杰克一下子觉得眼前一片漆黑，鳄鱼张开嘴巴，咬住了他的头。

　　杰克下意识地挣扎着，鳄鱼哪里肯放弃已经到手的猎物。鳄鱼紧紧咬住杰克戴着潜水面罩的头，杰克感到后脑勺一阵辣辣的，那是鳄鱼牙齿咬住他的缘故。杰克拼命用力挣扎，想从鳄鱼的嘴里挣脱出来。

　　约摸相持了一分钟，杰克忽然觉得眼睛一亮。原来是潜水面罩帮了他的忙，鳄鱼紧紧咬住的潜水面罩脱落下来了。

　　杰克连忙转过身来，使出吃奶的力气，向池塘边游去。鳄鱼在后面紧追不舍。一场人与鳄鱼的游泳比赛开始了，这时，离池塘边尚有十几米的路程。

"妈妈——快来救我！鳄鱼快要追上我啦！"杰克边逃边向南茜夫人大喊大叫。

南茜夫人听到儿子呼救声，从椅子上跳了起来，碰翻了桌子也顾不上，拼命朝池塘边奔去。

杰克离池边只差一两米了，但是鳄鱼也越来越接近杰克了，它的嘴已经碰到杰克的橡皮蛙蹼了。

"妈妈，快来呀，我快游不动了！"杰克吓得大哭了起来。

"杰克，不要慌！快游，快游！我来救你了！"南茜夫人极力鼓励着儿子。她急步奔到池塘边，立即蹲下身子，伸出她的双手，准备去接杰克。

杰克见妈妈来救自己，劲也上来了，最后一个冲刺，扑到了池塘边，伸出双手，去拉妈妈的手。

说时迟，那时快，就在杰克快要爬上岸时，鳄鱼也来了个冲刺，张开那吓人的大嘴，露出锯齿般的牙齿，一口咬住了杰克的右腿。

"妈妈，鳄鱼咬住我了！"

南茜夫人吓得脸色发白，紧紧地攥住杰克的手，鳄鱼也死死地咬住杰克的腿不放。

刚才是杰克和鳄鱼的游泳比赛，现在却变成南茜夫人和鳄鱼的拔河比赛了。

就这样，你拉我咬，足足相持了两分钟之久。杰克差不多昏了过去，南茜夫人哭得满脸是泪，但是任凭她怎样死命地拖，鳄鱼就是不松口。

"完了，我快要没力气了！"南茜夫人心想，"杰克不是没命，就是要失掉一条腿。唉，可怜的杰克！"

这样一想，南茜夫人心里反倒平静了一点，她使出最后力气，猛力一拖，扑通！南茜夫人和杰克突然双双跌倒在池边的草地上。

南茜夫人一看杰克的腿，仍旧好好的，还留在那里。再看鳄鱼，鳄鱼还紧紧咬住杰克的橡皮蛙蹼。由于南茜夫人和鳄鱼双方用力向相反方向拖拉的缘故，蛙蹼脱了下来。

感谢上帝！先是潜水面罩保住了杰克的头，再是橡皮蛙蹼做了杰克右腿的"替身"，杰克得救了。

怒瀑遇难

在美国与加拿大的边境上，有个尼亚加拉瀑布。瀑布的水陡然下降50米，每秒钟约有3万立方的水汹涌冲下，然后在全世界最危险的激流里打旋翻腾，流入烟波浩瀚的安大略湖。

这是个星期天的上午，查克卡对两个孩子说："谁愿意和我坐小汽艇去玩？"17岁的女儿安妮和7岁的儿子吉尔，异口同声地说："我去！我去！"

查克卡高兴地点点头，姐弟俩立刻换上游泳衣，跟着爸爸登上了小汽艇。

这艘铝质的小汽艇有5米长，全身镀着绿色的油漆，非常漂亮。查克卡开着它离开了村口的小码头，避开其他游艇，开到了河心，然后把小艇转向河下游。小艇开得非常稳当，查克卡放心地将船舵交给了吉尔。小吉尔穿着一件橘黄色的救生衣，这时，他把着舵柄，小脸笑成了一朵花。

这条河直通那个出名的大瀑布。小艇顺水流驶了有6里多路，大约离瀑布还有一里半路，水流已不再温和平静，而是汹涌澎湃了。河面上有一个管制闸，人们说，过了它，任何东西都会被狂流卷走，坠入巨瀑深壑。这时，小艇已驶到管制闸口，查克卡这才把船头掉转过来。可是，已经晚了，只听"吱"的一声刺耳的哀鸣，小艇的螺旋桨轴针折断了。顿时，小艇随着激流直往下游冲去。查克卡这时慌了，一边朝两个孩子急呼："快！快穿上救生衣！"一边抓起木桨拼命猛划。但是，任他拼尽全身力气，小艇还在急速地倒退。

这时，他们已经来到了激流中心，滚滚河水将他们朝瀑布推去。小艇砰地一头撞在一块岩石上，眨眼间，又被交叉的水流激起的浪头一击，朝天竖立起来。查克卡和两个孩子被凌空抛起，然后跌入水中。

在激流中，查克卡一把抓住了吉尔的手臂，想把他托出水面，但一股狂流把他俩冲散了。吉尔被卷向下游，一路上在水中打转转、翻筋斗。突然，水流将他狠狠一冲，冲到了瀑布顶端，他像杂技演员一般在空中一个全滚翻，凌空往下坠去。也不知落了多少时间，然后一头落入了疯狂的水流中。

那么，安妮又怎么样了呢？

安妮在激流中一会儿被卷到河中间，一会儿又被卷到河岸边。这时，岸上正好有一个叫卡斯的游客，他看见急流中挣扎的安妮，便把身子探出栏杆，大声叫着："喂，姑娘，快游过来！"安妮绝望地看着他，怎么也游不过去。卡斯朝下游跑了几步，伸手想拉她，而无情的激流一下子把安妮卷进了水底。

忽然，安妮又露出水面，朝岸上呼叫。卡斯一个翻身跃过栏杆，一手抓住栏杆，一手朝下伸，身子离水面只有30厘米，他鼓励着水中的安妮："姑娘，用力！用力呀！"卡斯的呼声激发了安妮最后的力量。她将脑袋埋在水里，拼足全身的劲，逆水猛划了几下，来到卡斯手边，拼命朝上一抓，抓到了卡斯的拇指。

谁知安妮的体重和激流巨大的冲力扯着他的手朝下拽，吓得他大声惊叫起来。这时，一个小伙子推开岸边一群呆若木鸡的游客，跨过栏杆，俯身抓住安妮的手腕，才把她拉上岸。安妮脱险了，这地方离瀑布只有3米远，许多游客都吓呆了。

脸色苍白的安妮，忽然惊叫起来："爸爸！弟弟！"有人亲眼看见安妮的弟弟吉尔滚下了瀑布，他们轻声地说："替你弟弟祈祷吧。"

谁也没有想到，在瀑布的下游，一艘游艇上的船长忽然发现前方水里有个橘黄色的物体在一沉一浮。他惊愕地伸长脖子，立刻用对话机向岸上呼话："喂，喂，发现一个穿救生衣的孩子在水中漂浮，好像还活着！"对，这孩子正是吉尔，他是世界上第一个被冲下瀑布而没死的人。

游艇很快追上了吉尔，把他救了上来。吉尔躺在甲板上，身上盖了好几条毛毯，还一个劲儿地抖个不停。他喃喃地说："我爸爸……姐姐……

还在水里，请……快救……救救他们！”这时，他的姐姐安妮早已被救了起来。

那么，吉尔的爸爸又如何呢？对于他，怒瀑可没有开恩。3天以后，人们在村口小码头附近的水面上发现了查克卡的尸体。

勇攀冰山

1965年2月，美国的捕鲸船"凯亚德"号在南极的威德尔遭遇到风暴沉没了，水手们在大副比尔姆的率领下，分别登上6艘救生艇，向南美大陆划去。

海面上波涛汹涌，救生艇在惊涛骇浪中挣扎着，一会儿被推到高高的浪尖上，一会儿又被摔落在深深的谷底中。凶猛的海水势不可挡地扑向小艇，一次又一次地攫走了粮食和淡水。历尽千辛万苦，他们终于来到一个叫垦荒岛的小岛上。

所有的人都几天滴水未进了，一上小岛，竟然发现有个淡水湖，大家惊喜若狂，拼命地喝水，连小艇也无人看管了。没料到，接连几个大浪就把小艇给冲走了，当大家想起来时，小艇早已不知去向。队员们你看看我，我看看你，谁也说不出一句话，好不容易平静下来的心，又一下子悬了起来。

正当大家垂头丧气的时候，忽听比尔姆说："大家别急，我刚才仔细观察了一下，估计这小岛的东岸距对面的捕鲸基地只有80海里左右，那里经常有捕鲸船靠港，我们可以到东岸去等捕鲸船来救我们。"比尔姆的一席话说得大家眼前一亮。

可大家还没高兴一会儿，又都沉默了。一名水手指指东岸，对比尔姆说："大副，你说得很对。可是，要想到达东岸，就必须翻过岛中陡峭的冰山。那冰山有800米高，我们又从来没有登过山，要想翻过去，几乎是不可能的！"

比尔姆大声地说："怎么不可能，我们在海上漂流那么多天，都挺过来了，还能在这座冰山面前等死？今天，我们就要创造这个奇迹，把这个'不可能'变成'可能'！现在大伙休息一下，尽量把可以不带的东西丢掉，轻装上阵。"

水手们顿时觉得浑身充满了力量，他们连忙从身上卸下大的重的物品，只等大副一声令下。

过了一会儿，比尔姆带领大家出发了。他率先爬了上去，用随身带的匕首在冰层上打洞，好让脚有个支点。冰山像抹了奶油一样光滑。山风把他用匕首挖出的冰屑吹在他的脸上，火辣辣地疼，他极力忍受着，一个劲儿地向上攀。

比尔姆的精神感染了大家，水手们蜂拥而上，凿的凿，挖的挖，奋勇地向上爬着，没有一个落伍。比尔姆越爬越高，他回头看看身下，不由得一阵眩晕，万一掉下去，后果真不堪设想。他抬头又看看高耸入云的峰尖，大声地喊道："大家手脚不要停，不然会被冻僵的！"大家都回答说没事，跟着他越攀越快，眼看就到山顶了。

突然，比尔姆脚下一滑，他忙死死地抓住扎在冰层里的匕首，身子吊在冰层上，下面的水手们吓得一齐失声大叫起来。匕首扎得太浅，支持不住他身体的重量，正慢慢地松动。比尔姆的脚在四处乱点，希望找到一个支点，可冰层滑得像一面镜子，根本没有什么凸起物。他感到手中的匕首越来越松了，紧张得冒出一身冷汗。下面的人也停止了攀登，都一动不动地注视着他。只见他忽然猛地大吼一声，拔出了匕首，让身体沿着冰层向下滑去。同时用双手握紧匕首，拼尽全力，将匕首向冰层扎去，"哧"的一声，匕首在冰层上只露了个把子，比尔姆停止了下滑，被牢牢地吊住了。他松了口气，回过头看了看下面的伙伴。

下面的人一句话也说不出，看着比尔姆的快速动作，他们目瞪口呆，老半天才缓过神来，又随着比尔姆向上攀去。

他们爬到了山顶，然后又慢慢地从山顶滑下去，来到了东部岸边。他们望着对面的捕鲸船，齐声欢呼起来。很快就有两条捕鲸船发现了他们，并飞速地向这边驶来。在船到岸的那一刻，大伙拥抱着比尔姆，眼眶里都闪烁着晶莹的泪光。

前来营救的人听了他们在冰山上的惊险故事后，都上来抢着和比尔姆握手，并告诉他，他们创造了人类的奇迹，是迄今惟一翻过冰山的人。

通缉犯获奖

美国芝加哥电视台举办了"超级口令"的游戏节目，一个名叫洛迪的男子参加了比赛。此人高大英俊，反应敏捷，终于力克群雄，进入了半决赛。半决赛的情况，电视台作了实况转播。这位自称是"政府机关公务员"的洛迪，发挥出超级水平，又一次击败对手，夺得决赛权。

按原定程序，精彩而激烈的决赛将在第二天举行，电视台为吸引观众，已大力宣传，并做好直播的充分准备。洛迪和决赛对手自然也在积极备战。要知道，第二名只有一万美元奖金，而第一名却能获得10万美元的巨赏！

决赛如期举行了。主持人的幽默机智和两名选手的足智多谋，引起电视观众们的极大兴趣。比赛结果，洛迪大获全胜，取得了本次大赛的冠军。

在颁奖典礼开始前，主持人笑眯眯地问他："洛迪先生，您获奖之后有何打算？"

他马上回答："我将马上出国去旅游！"

激动人心的授奖仪式终于开始了。电视台台长健步上场，后面两个男随员手托着盘子紧随其后。咦，通常随员都是年轻、漂亮的女子，今天怎么换了两个男的啦？也许是电视台又在翻什么新花样吧？

观众们正在诧异，屏幕上突然出现了洛迪和那两个男随员搏斗的场面。洛迪显然有格斗技巧，他居然左右开弓，把那两个随员打翻在地，又一下子蹿到电视台台长的身后，猛地伸出左手抓住他的衣领，右手从腰间拔出手枪，大声喊道："谁敢上前，我打死他！"

开始，电视观众还以为是电视台安排的别出心裁的节目，可是看着看着，发现事情并非如此。电视台台长恐惧得浑身筛糠，那两个男随员迅速地一左一右闪在两侧，却一时不知如何是好。虽然电视摄像机并没有停止工作，场景依然播出，但观众们惊讶地看到转播台附近的许多工作人员纷纷惊恐地四下逃窜，场面一片混乱。

正在这时，突然冲上来一群手持武器的防暴警察，他们很快将洛迪团团围住。只听"砰"的一声枪响，一位男随员从侧面打中了洛迪握枪的右手腕。

洛迪惨叫一声，手一松，手枪掉到地上。他的左手不由自主地放开了电视台台长，去捂伤口。几个防暴警察趁机一拥而上，把洛迪当场就铐了起来。

电视观众们惊异万分，不知发生了什么事情。这时，主持人又重新出现在银幕上。他首先向观众表示歉意，然后开始对刚才的事情进行解说。

原来，在半决赛实况转播时，先后有9名观众认出了这个"洛迪"是个被通缉的逃犯，他们马上向电台和警方作了揭发。

安克里奇市的一位银行经理维克多对警方斩钉截铁地证实道："这个家伙曾经窜到我的银行，手持枪械当面对我勒索过，他的狰狞面目就是化成灰，我也会认出来！"

警方把逃犯的照片与电视录像一对照，确认"洛迪"正是在逃的案犯。为了不影响电视节目的安排，不惊动洛迪，警方便和电视台台长达成协议，不但让洛迪参加的决赛如期进行，而且还顺其自然，等洛迪获奖，便把发奖仪式改为捉拿罪犯的实况转播。没想到洛迪随身带着枪支，又劫持了电视台台长，给台长和在场的许多工作人员带来了一场虚惊。

当主持人对电视观众解释完后，大家才恍然大悟，望着洛迪垂头丧气的模样，无不拍手称快。

悬崖历险

33岁的工程师弗洛伦和他25岁的助手克雷格决定攀登菲罗德山。

他们选择的日子并不理想，天上乌云密布，时不时还下些小雨，把陡峭的岩壁浇得像冰一样光滑。上午8点，他们系好连接两人身体的安全绳，爬上一块700米高的花岗岩，准备向高达1483米的山巅进军。

克雷格自告奋勇打先锋，他不断寻找利于手攀脚踏的细缝裂隙。当他爬上约50米高，觉得安全绳已绷紧的时候，他往岩壁里打进几根钢锥，固定好绳子，呼叫弗洛伦开始攀登。弗洛伦爬到他身边，跟他握了下手，替换他打先锋。

山势倾斜度达80度，就像靠在墙壁上的一架很陡的梯子，而他们则像杂技演员，每前进一步都像走钢丝一般艰难。弗洛伦屏住气，听着心脏剧烈地跳动。事实上，这比走钢丝更艰险，因为他们的下面是万丈深渊。

上午11点，突然下起了倾盆大雨。克雷格感到行动很危险，有些想退却了。但是，此时距险峻的山巅只有一半路程了。这真是进退两难。弗洛伦决定继续攀登。他紧贴着克雷格上方18米处，往上方一臂高处的裂缝里插进2号防松螺母，如果这种螺母插牢，可以承受220千克的重量。弗洛伦感到那裂缝不太保险，猫下身体，准备在脚边一道理想的缝隙里插进更大一些的防松螺母。但由于岩壁被雨淋得异常光滑，2号防松螺母没有插到位，这不争气的东西居然断裂了。

弗洛伦顿时失去平衡，失声叫道："坏了！"接着，身体骤然下滑，脑袋朝下，在岩石上滚动。出于本能，他伸手企图抓住任何可支撑的东西。然而，由于下滑的速度太快，弗洛伦感到自己像个皮球一样在往下滚，手脚根本用不上力。

克雷格目睹好友向下跌，当弗洛伦下滑到他们绳子的长度两倍距离时，克雷格努力撑住自己，并把自己和一块凸出的岩石捆在一起，一只手牢牢地抓紧绳子，心想：哪怕他是颗炸弹，我也得勒住他！

但巨大的惯性毫不客气地把克雷格也扯了下来，捆在岩石上的绳子被这巨大的力量拉得松了扣。克雷格的腹部被一块岩石重重地撞了一下，痛得他差点把早饭给吐出来。

他试图两手抓住岩石，但手掌上的皮肤都撕裂了，也无法阻挡弗洛伦的下跌。

虽然克雷格没有拽住弗洛伦，但弗洛伦下跌的惯性却得到了遏制，速度慢了许多。弗洛伦将一条腿往岩石的缝隙里插去，趁速度的暂时缓冲，一把猛抓岩石。

真险！这时他的双脚已悬空吊在崖壁外。往下看，至少有100米的落差。

他抬头望去，克雷格的身体也悬挂在崖壁的边缘，两手侥幸地搂在岩石上，这简直是奇迹。

克雷格全身发痛，他意识到右手臂已折断。他用左手取出一支钢锥，把它放进布满苔藓的缝隙，然后用锤子钉牢，这才松一口气。

但是，他们仍处在悬崖的前沿，如果跌入相当于20层楼那么高的深谷，必死无疑。

惊慌的弗洛伦这时才感觉到右脚疼痛，殷红的血从膝盖流出。他撩开裤管，看到突出的骨头和筋腱，其中一块开叉的骨头竟刺穿了鞋子。

他绝望地对克雷格喊："我的腿断了！"

克雷格顺着绳子慢慢爬到好友身边。弗洛伦这才发现，他的伙伴已身负重伤，浑身沾满了污血和泥土——这些是他希望尽力止住弗洛伦的下跌时弄出来的。

情况非常严重。天还下着雨，夜里气温很可能降到零下，假如再呆在这岩壁上，即使不被累死，也会被冻死。

弗洛伦把绳子一端系在钢锥上，另一端系在自己身上，然后让克雷格慢慢放绳子，他准备进行6次下滑，才能到达谷底。

他小心翼翼地贴着岩壁下滑，那只负伤的脚不时碰到岩石上，痛得他喘不过气来。

弗洛伦手脚并用，竭力避开那些锋利的岩石，寻找适合下滑的坡口。

快到岩底了，岩坡突然变得更陡了，难以用手攀撑。弗洛伦感到自己的伤口就在岩石上蹭来蹭去，肮脏的沙土沾在伤口上，就像无数小虫在噬咬他。

他简直就像一台破碎的机器，在七高八低、凹凸不平的岩坡上往下滚，全身无处不痛，似乎每个细胞都要破裂。但他还是不停地往下滑、往下滑，因为他知道时间就是生命，克雷格还呆在悬崖上，时间一长，他会支持不住的。

弗洛伦终于滑到了谷底。他精疲力竭，浑身抽搐，差点昏死过去。他知道自己无法走动，就蠕动身体慢慢地向附近的公路爬去，边爬边喊："我们发生了登山事故，我的伙伴还在上面……"

当他看到前面的汽车跳下4个人向他走来时，他放心地闭上了双眼。

后来克雷格和弗洛伦同住一个病房，他们觉得，联系着他们的那根绳索永远不会脱开。

下水道历险

　　1979年夏天，美国中部连续下了两周倾盆大雨，密西西比河一下子容纳不了那么多雨水，终于泛滥成灾了。

　　这一天，密西西比河畔的名城孟菲斯市暴雨刚停。女孩苕茜在家里再也呆不住了，她跑到被水淹没的街道上，想找人一起玩。

　　突然，她的脚踩着一条鳟鱼，那鱼身子一扭，啪地跳出水面，尾巴一甩，又钻进水里消失了。接着，又有两条鱼受惊跃出水面。苕茜虽然没有抓住鱼，但一下子兴致勃勃，专门挑冒泡的地方，一脚又一脚地踩下去。

　　正当她希望能再一次踏住一条滑溜溜的大鱼时，突然，她的身体像被一只无形的手往下猛地一拉，连惊叫一声都来不及，整个人就被吸进直径45厘米的下水道里去了。

　　洪水哗哗流进下水道，四周一片漆黑，真像一下跌进了地狱。苕茜有一点游泳基础，在被呛了几口水后，总算能镇静下来，紧紧抓住排水管内侧接缝，使自己能暂时站立起来。当时，她真不知道自己脑袋向下还是向上。她摸着接缝，试着转动身体，突然，她感到脸露出了水面，鼻子能呼吸到空气了，这才弯着腰，背靠着排水管喘息起来。

　　但是，她马上感到，水位在不断上升。刚才，水还只是淹到她的脖子上，不一会儿，就淹上了她的下巴。如果继续上升，她仍会被活活淹死的。正在她犹豫不决时，两只逃命的水老鼠爬上她的脸，吱吱乱叫，吓得她一头钻进水里，胡乱朝前游了起来。

　　当她憋不住再次从水里抬起头来时，又听见排水管壁上有老鼠的吱吱叫声，她只得猛吸一口气，继续朝前游。游着游着，她突然又被一种无形的力量猛地往下吸，跌进了一个沉淀井里。那里是下水道的交接点，清洁工人在这里掏取沉淀的淤泥，十分肮脏。苕茜在沉淀井里挣扎了半天，浑身弄得像个泥娃娃，也没法顶开锁上的沉淀井井盖。

她看出井盖处有一线亮光，就拼命朝上喊道："我是苔茜，我跌进下水道了，快来把井盖打开呀！"

但是，身边洪水哗哗，压过了她细弱的呼救声。苔茜向上跳跃着，想用拳头把井盖敲出声音来，但一不小心，又跌进旁边那根3米深的垂直管道，随着洪流来到又一条直径为一米的排水管里。这里，管道接缝处的间隙更小了，苔茜必须仰起头来，才能呼吸到空气。

现在，她警觉起来了：如果随着洪流往下冲，她会被带到城市最底层的那根下水管道里，那里，将没有她呼吸的空间！

她必须回到沉淀井去！在那里，她不仅能呼吸到足够的空气，还能通过井盖向地面上的人发出求救信号！她立刻转过身，拼命向垂直管道游去。但是，当她的头刚进入了垂直管道，洪流就夹带着大量淤泥和碎砖冲击下来，打得她的脸疼痛异常。她想，有这些东西倾泻下来，正好说明我进入了垂直管道，必须奋力冲上去！

她咬着牙，钻出那根一米粗的水平管道，划动双臂，迎着劈头盖脑倾泻下来的树枝、碎砖，向上冲去。

呼的一下，她从垂直管道里冒了出来，身旁就是臭气熏天的沉淀井。苔茜不再犹豫了。她一个鱼跃，跳到沉淀井的位置上。她的整个身体几乎被淤泥和碎石子掩埋起来。但是，她的脑袋完全露在外面，生的希望又出现了。

她的前边和左面有两个大排水管，不断向沉淀井倾泻着污泥浊水，水花溅进她的嘴巴和鼻子，呛得她直咳嗽。不一会儿，她又听见了一阵吱吱的叫声，有几只老鼠又随着污水冲过来，顺势爬上了她的脑袋。这一次苔茜不再惊慌失措，她猛一摆头，将那两只讨厌的老鼠甩向垂直管道，让激流把它们冲下去。

过了很久，苔茜终于适应了沉淀井里微弱的光线，她看清，在她的脸旁，还有一条色彩斑斓的蛇，但那是一条无毒的水蛇，她一点也不想去撵走水蛇，相反，她希望水蛇能为她撵走讨厌的老鼠。

苔茜终于想出用碎砖去撞击井盖的救生办法。她不断地往沉淀井盖上扔碎砖，路面上的行人听到这异常的声音，通知了警察。他们打开沉淀井盖，救出了已失踪一天一夜的女孩苔茜。

警察贩毒网

黑人警察麦克是个正直的人，他看不惯许多警察披着合法的外衣，私下里却干着贩毒的勾当。于是，他就向芝加哥警局内务处警官钱德勒倾诉了内心的不满。

钱德勒正在调查此事，但苦于出师不利，毫无战果。他想请麦克帮忙。麦克知道贩毒的警察多数人和黑社会是一伙的，一旦被他们发现，肯定逃不脱他们的报复。麦克慎重地考虑了好一会儿，答应请一位朋友向毒贩购买毒品，而他自己在行动中决不担任任何角色。

过了几天，麦克带着一位黑人女郎找到了警察格兰特。

"格兰特，我来介绍一下，这位漂亮的女郎是想买货的帕姆。"

格兰特冷笑两声，说："帕姆，好久不见了。"

"你说什么，我根本没见过你。"帕姆说完赶紧走到了麦克的身边。

格兰特拍拍麦克的肩，说："老兄，你真有本事，找了一位缉毒队的小妞，来买什么货呀。你应该知道，我可是个正派警察。"

麦克本能地握住衣袋里的左轮枪，故作惊讶地说："是吗？我是在舞会上认识她的，怎么会知道她是缉毒队的！"

格兰特不等麦克说完话，就"砰"的一声关上了大门。

第一次出兵就失败了。麦克暗想，如果格兰特知道我与缉毒队串通一气，死神就离我不远了。

"我不愿干了。"麦克望着钱德勒说，"我有妻子、女儿，尤其是患有血友病的儿子，如果我出了事，他们怎么办？"

钱德勒叹了口气，说："我晓得你家中的情况，如果你不愿干，我也不阻拦你，你回去考虑考虑，再给我答复。"

几小时后，钱德勒接到麦克的电话。

"我想通啦，家里的人都劝我去做，他们说吸毒的孩子，好多都是黑人，为了同肤色的，我也应该去帮助他们，打击披着警察外衣的坏蛋。"

1982年3月11日上午，在一辆普通汽车里，芝加哥缉毒队的技术人员将一只微型话筒放进了麦克的口袋中。

钱德勒用力地握住麦克的手，声音颤抖着说："麦克，这次危险很大，你可要想好。"

麦克咧嘴笑了："没什么考虑的，我想老天爷会保佑我的。"

钱德勒又提醒麦克："你的任务是找到证据，给我们提供毒贩的交易情况，一定要讲清楚买什么，花多少钱！"

麦克又再次敲响了格兰特家的大门。

格兰特把麦克拉进屋，又四周打量了一番，见没人跟踪，才放下心来。

麦克坐在格兰特卧室的沙发上，寒暄之后，对格兰特说："我要一个八。"意思就是要买八分之一磅毒品。

格兰特含笑道："你早就该干这一行了，发起横财来，想挡都挡不住！"

说完，他拿出一包来递给麦克。为了让话筒传出去的声音大一些，麦克大声点着钱，点好后，交给了格兰特，说："你再数数，13000美金！"

这次交易的对话，成功地录在了缉毒队的磁带上。

第一次的成功让麦克非常兴奋，随之也给他带来了紧张和不安。

连着几次行动之后，格兰特竟主动来找麦克了。

两人来到了一座废弃工地上，格兰特突然亮出了手枪。

"我的行动好像警察都知道，假如你出卖了我和我的朋友，我们就炸掉你的房子，你们全家都别想活命！"

麦克装出恼怒的样子喊道："我要的是钱，你知道吗，钱！这买卖如果你不愿意再做下去就算了，想和我干的人多得是……"

格兰特听了麦克的话，满脸尴尬，咧咧嘴说："对不起，我错怪了你！"

半年后，时机成熟了，缉毒队开始行动，一举摧毁了警察局里的贩毒网。格兰特被判了7年徒刑。

这次行动取得了成功，但麦克却更深地陷入了困境。

　　3个蒙面人在深夜里冲进了麦克家中，绑架了他。他们把麦克带到一个偏僻的地方，轮番折磨，并大声叫嚣，说要为他们的兄弟报仇。

　　麦克惨遭折磨后，被蒙面人扔到了公路边。

　　当警察找到麦克时，他的右眼严重受损，失去了视力，他牢牢抓着钱德勒的手说："我要去工作，虽然我为此付出了重大代价，但我使我的黑人伙伴们减少了遭受毒品的毒害。"

聪明的安妮

安妮正坐在沙发上，吃着瓜子，看着电视。电视新闻在播放一条警察局的通缉令，罪犯是一名叫波特的抢劫犯，电视里还播放了波特的头像，这家伙长着络腮胡子，目露凶光，一看就不是好人。

安妮心想：我就一个人在家，万一抢劫犯进来怎么办？我还是把门窗锁好吧。安妮趿着拖鞋来到窗子前。

一阵风从敞开的窗子里钻了进来。安妮刚伸手去关窗子，突然，一个黑影从窗口跳了进来，用手枪对准房子的主人安妮小姐，叫道："不许喊叫，否则，我会打死你！"

安妮仔细一看，这家伙正是电视上的通缉犯，吓得不由得倒退了几步。

罪犯环视了周围一圈，见没有其他人，就放心了，他也看见了电视里正在播着抓他的通缉令，不禁嘿嘿一笑。

"小姐，你知道我是谁了吧。不过，你不用害怕，只要老老实实的，我不会伤害你。"

他一边说一边关好门窗，又顺手从食品柜里拿出一盘三明治，坐到安妮小姐的身边，一个人吃了起来。

"漂亮的小姐，你一个人呆在家中，不怕坏人吗？幸亏你遇到了我，我会保护你的。"罪犯见安妮不说话，便搡了她一把，"我同你讲话，你听见没有？算了，我不跟你废话了，有钱吗？快点拿出来。"

安妮板着脸，毫无表情。罪犯看见安妮小姐的手上戴着一枚宝石戒指，一下站起来，就去撸那只宝石戒指。安妮死死地攥紧拳头，不松手。罪犯拔出一把锋利的刀，呵斥道："你想要戒指，还是想要手指？"

安妮只好乖乖地撸下戒指。这时，外面的大街上突然传来了由远而近的警车声。

罪犯的脸色变得煞白，他一闪身，站到窗子旁，斜着眼睛向外望。他看见一辆警车在门口停了下来。罪犯攥紧手枪，指着安妮。

"警察要是敲门，不许出声，那他就会认为屋里没人。"

安妮不屑地撇撇嘴，说："没人？那屋里怎么会亮着灯！"

罪犯的手有些抖动，他沉思了片刻，说："那你就讲你刚睡，有事等明天再说！我告诉你，不许胡言乱语，否则，我的子弹可不长眼睛！"

警察的皮鞋声在门口停止了，紧接着响起了"笃、笃"的敲门声。

罪犯用手枪抵住安妮的太阳穴，冲她使了使眼色。安妮紧张得连一句话也讲不出来。罪犯用手枪轻轻砸了一下她的肩头，伏在她的耳边，低语道：

"还不快回答，否则……"

安妮小姐只得哆哆嗦嗦地向门外问道："什么人？"

外面的警察说："我是警官保罗，安妮小姐，你看见过有什么可疑的人吗？"

保罗主要负责这一片的治安，所以他和安妮小姐非常熟。

安妮小姐尽量克制住内心的恐惧，镇定地回答：

"没有什么可疑的人来过。我丈夫明天从国外回来，您托他买的东西已经买到了。您明天早晨来拿好吗？"

保罗一愣，安妮还在上大学，怎么这么快就结婚啦，我怎么没听过这件事呢。莫非……保罗想到，刚才接到报告，说抢劫犯波特逃窜到这一带了，他很可能就在安妮小姐的房间里，保罗马上随机应变，说：

"好的，明天我一定来看老朋友。不打扰了，晚安！"

听着外面的脚步声越来越远，罪犯长长松了口气，伸了个懒腰。

"我要休息了，忙了那么多天，也真够累人的！"

罪犯拔断电话线，用绳子拴住窗户，绳子的另一端系在身上，然后，他把沙发推到门旁，堵住大门。

"我睡一会儿，别想逃跑，也别想报警！"罪犯合上了眼皮。

没离开多远的保罗，又喊了几个警察，悄悄爬上了平台，他们互相点头示意了一下，抬起脚踹开了窗门。

罪犯波特一下惊醒了，伸手去拔腰间的枪，但来不及了，几支黑洞洞的枪口已经瞄准了他。罪犯波特无力地垂下了手。

保罗上前握住安妮小姐的手，说："谢谢你向我报信，不然，不早点抓住波特，他就多做一天坏事！"

泥层下的桥梁

这个故事发生在美国田纳西州的一个小镇上。

1983年5月7日，田纳西水土研究所的勘探队在镇旁的一个院子里钻了一个深25英尺、直径约一英尺的小洞，目的是为了检测田纳西河水对周围土壤结构的影响。

这个院子是个废弃的荒院，洞的直径又小得可怜，勘探队员在检测后疏忽了地面的复原工作。

说实话，这么小的洞，谁能掉进去呢？

荒院附近有个叫别尔的两岁小男孩发现了这个洞，出于好奇心，一定要把身体探下去试试深浅，结果臀部进入洞口后，身体就直往下坠，越挣扎越往下掉，最后，死死地卡在狭窄的小洞中部。

别尔发现四周漆黑，头顶上不断有少量泥沙掉下来，吓得哇哇直哭。

哭声惊动了周围的居民。人们看到了那个又深又小的洞，谁都不相信别尔会掉进去。

有人说："这么小的洞，人怎么可能掉得那么深？除非是用榔头敲下去的！"

居民们没办法救出别尔，只得请田纳西地方急救队的卡里奥和艾娜前来相救。

卡里奥和艾娜赶到现场，用手电筒往下一照，发现别尔完全卡在洞里，用绳子已无法将他套住拉上来。

再说，别尔肩部已积了不少泥沙，稍不谨慎，纷纷掉下的碎土会把小男孩活埋！

艾娜立刻吩咐大家朝后退。

别尔的母亲见急救队员放弃用绳索套拉的办法，急得哭叫起来："让我亲自来救别尔！我的绳套扔得很准！……"

艾娜劝住她说："我比你套得还准！但别尔不是一匹马，他是人！"

卡里奥对男人们说："我和艾娜商量好了，只有在小洞5英尺远的地方先挖上一个大洞，再朝小男孩的下方横向挖一个洞，才能安全地将别尔救出来，别的办法只会增添险情！"

男人们点点头，跟着卡里奥在附近挖起土来。艾娜也不敢怠慢，她找来了一根细长的橡皮管，一头接上一位热带鱼饲养家提供的氧气泵，一头荡到小男孩的头上方，这样，小男孩就可避免缺氧造成的窒息了。接着，艾娜又把别尔的母亲叫到洞边，吩咐她讲一些平时讲的故事给别尔听，以安慰小男孩，并增强他的勇气。

卡里奥和几个身强力壮的男子奋力挖着洞，很快，一个大洞挖成了。艾娜不断用手电筒照着小洞里的别尔，发现他肩部的泥沙没有增加，心里觉得十分安慰。

卡里奥爬出大洞，拿出仪器，和艾娜一起测量了又测量，终于选定了从大洞向小洞挖掘的角度。

艾娜将仪器固定在大洞底部后，对卡里奥说："开始的3英尺你来挖，然后由我来挖通。"

卡里奥点点头说："对，你比我细心，动作又轻柔，如果不是因为你瘦小，这3英尺也该由你来挖。"

两名急救队员互相配合，艾娜不断检查挖掘方向，又不断询问在小洞口讲故事的别尔母亲，让她时时报告男孩是否因横向的挖掘继续往下坠。

幸运的是，横向挖掘并没有造成小洞里泥土的坍塌，别尔还牢牢地卡在那里。

当艾娜发现横向小洞深度已超过3英尺，就把卡里奥叫出来，说："你太辛苦了，最后的细心活，让我来干吧。"说完，她拿着一把雪亮、锋利的专用小铁锹，一头钻进那个横向小洞，一点一点挖掘起来。

突然，艾娜觉得睫毛被一阵细细的气流拂动。她略一凝神，就觉察到那股气流是从前方泥土的缝隙里冒出来的。她立刻放下小铁锹，找到那道缝隙，用手指挖掘起来。

不一会儿，通往别尔所在那个小洞的横洞底透出一道光，露出了鸡蛋大的一个孔，但马上就听见里面传来阵阵泥沙掉落声。艾娜心中一惊：尽管自己动作轻微，但别尔所在的那个小洞因为周围土层结构的变化，还是有坍塌的危险。

　　如小男孩随着坍塌向深处坠去，他们的努力将前功尽弃。而他们挖的这个横向的小洞上部也将发生坍塌，把小男孩活活地埋起来。

　　说时迟那时快，艾娜侧过脸瞅了眼小孔上方的情况，突然发现了男孩脚上那只小旅游鞋的白光，她迅捷抓过小铁锹，使尽全力向前插去。

　　小铁锹穿透横洞前方，插到小洞的另一面泥壁上，像一座小桥牢牢地架在那里。

　　这时，艾娜又听见哗哗哗一阵泥沙倾下的声音，接着，就听见小男孩喊叫着从上方坠下来。最大的险情被排除了，小男孩正好稳稳地坐在了艾娜架出去的铁锹柄上。

　　接下去的救助工作虽然仍很紧张，但小别尔不会坠到25英尺深处被活埋了。不久，他就被从横洞处救出来，送到那位泪流满面的母亲的怀抱里。

原子筒即将爆炸

1983年5月23日，美国纽约郊外的一家原子核研究所里人头攒动，人们正在兴奋地等待着罗斯亚利教授拿出新提炼的稀有元素镅的样品。根据罗斯亚利教授的这一提炼新工艺，世界原子能发电的成本将大大降低。

但是，偏偏在这时，罗斯亚利教授发现，根据他的新工艺设计的119号放射物提炼塔所提供的样品比前几次的有极大的变化：颜色呈深橘红色，比重也大了许多。是不是放射物提炼塔里发生了泄漏？他一面让人将新样品火速送到化验室去作分析，一面命令所有工作人员撤离提炼现场，由他单独冒险检查放射物提炼塔的各部分装置。

当他努力关闭了提炼塔的供热装置后，突然听到一阵像是蒸汽泄漏的咝咝喷汽声，那声音从远处的放射物提炼塔底部发出来，那里并没有连着供热管道。他心头一紧，忙跑过去查看。突然，他听见了像是高压蒸汽排放的尖锐啸音，只见一股浓密的棕色烟雾从提炼塔底部直往外喷，呛人的烟雾立刻弥漫了整个提炼车间。

罗斯亚利教授一面庆幸刚才让工作人员撤离的决定下得及时，一面又为这只新制造的放射物提炼塔担心。如果不及时将作为催化剂的另一块核材料从塔内拿出来，一旦塔体爆炸，核泄漏将殃及整个纽约市。

他迅速戴上防毒防核辐射面罩，毅然迎着烟雾，来到塔底。浓烈的烟雾使他无法看清检测仪表的读数，也无法看清装着另一块核材料的原子筒，却有一股滚烫的热流朝他直喷过来。

他预感到情况十分严重，就用对讲机通知在外面等候结果的同事和专家们说："压力超常增大，提炼塔随时要爆炸，大家赶快撤离到安全地带！我一定要取出原子筒！"

等候在外面的人心都抽紧了。

这时，罗斯亚利教授扔掉了防核辐射手套，在烟雾中凭触觉摸索着。

他知道，那种棕色的烟雾是由浓硝酸泄漏造成的，有极大的腐蚀性。果然，当他稍一触及到这种液体时，手就剧烈地疼痛起来，就像把手伸到火里一样。

但是，他还是循着记忆中的路线摸过去。突然，他触到那个外形像野牛头一样的阀门，心里不禁一阵狂喜：在这阀门后面，就是那个生死攸关的原子筒。

他将另一只手套也扔掉，双手握住野牛头阀门，使劲一拧，安置原子筒的铅门被打开了。这时，他完全顾不得什么安全操作规程，立刻将双手伸进去，捧出了有高度辐射力的原子筒，三步并作两步，冲到安全坑前，掀开沉重的铅板，将原子筒放了下去。但是，要将那块沉重的铅板再掀过来盖上，他却怎么也使不出劲来了。

原来，他的双手除被强酸严重腐蚀外，还遭到了极大剂量的原子辐射，按照一般人的忍受力，连手也抬不起来。这时，扩音器响了，他的同事海勒喊道："罗斯亚利教授，所有人员都已安全撤离，我马上进来营救你！"

但是，罗斯亚利喊道："你别进来，提炼塔要爆炸了，我已取出了原子筒……但是，我没法盖上那块该死的铅板，它太重了！"

扩音器立刻响起来，海勒在喊道："你别急，我马上冲进来！"

罗斯亚利教授哪能不急呢！如果不将原子筒掩盖起来，他刚才的努力就前功尽弃了！他看见附近挂着几件防辐射服装，立刻将它们都抱过来，堆在原子筒上面，又拼命搬动铅板，将它尽可能多地遮蔽住安全坑。他见安全坑还露出无法遮蔽的一只角，就索性一屁股坐了下去，用身体堵在那里。

这时，随着一阵强烈的闪光和巨响，放射物提炼塔爆炸了，强大的冲击力掀掉了罗斯亚利教授的面罩，浓硝酸朝他直喷，放射性金属片、碎玻璃飞嵌进他的脸部、颈部，他的鼻孔里充满了怪味，他吸入了人类从事原子能研究以来最大的放射剂量。

但是，令他感到欣慰的是，被他坐在身下的安全坑里没发生异常。原子筒保住了，令人担忧的严重核泄漏事故没有发生。

蜘　蛛　人

　　古德温绰号"蜘蛛"，他是个很会爬高的人。从小他就喜欢爬树，长大后又有了更大的乐趣，就是爬高楼外墙。这不仅比爬树惊险，场面也比爬树，更激动人心。

　　1987年12月的一天，古德温作出一个惊人的决定，他要攀登著名的摩天大楼芝加哥西尔斯大厦。该大厦是当时世界上最高的建筑之一，总高度约500米。站在楼顶，狂风会把人吹得摇摇欲坠，更不用说攀登了。

　　这天一清早，古德温背着小型登山袋，肩挎尼龙绳索。绳索的一端固定在腰间，另一端连着一只坚固的不锈钢锚钩。芝加哥的市民们不约而同地聚集在楼下，提心吊胆地注视着他。

　　古德温老练地把手一扬，不锈钢锚钩飞了出去，扎在一块凸出的水门汀上。他顽皮地向行人做了个再见的手势，嗖嗖往上爬。

　　爬到锚钩处，他用带刺的鞋掌和另一只手平衡住身体，摘下锚钩，看准上方可利用扎钩的位置，手一扬，又继续向上攀登了。

　　许多行人开始为他鼓掌，但看他越爬越高，不禁为他担心起来：摩天大楼外可利用扎钩的位置并不多，再说，一个人的体力有限，如果他爬到一半支撑不住，从几百米高处摔下来可不是开玩笑的。

　　于是，有些人在下面用手圈成喇叭状，高声劝他不要盲目往上爬，有些人还跑去通知大楼的管理人员，希望他们尽快采取措施，拯救这个冒失鬼的性命。

　　其实，人们还没有想到另一种危险：摩天大楼的外墙高处，风速很快，气温极低，没有过硬的攀援技术，大楼外如同峡谷间的气流一般的疾风会把人吹下来，手脚被冻僵也会使人失足跌下。很快，人们从他被吹乱的头发也意识到了这一点。

　　正在这时，一辆架着高梯的消防车拉着警笛，开到大楼下。消防队员要把古德温从大楼高墙上"救"下来。伸缩的铝合金消防梯一节节向上冒，直指古德温脚下。一位动作敏捷的消防员很快登上梯顶，伸手去抓古德温。

可惜，消防员慢了半拍，古德温已从不锈钢锚钩挂在上方的一块装饰物上，嗖嗖地爬上去了。那个消防员无奈地劝他放弃冒险。

古德温不睬他，一直爬到那块装饰物下。他用左手和双脚平衡住身体，伸出右手去摘锚钩。他在凸出物的上面摸到一块像鸟粪的东西。

他瞧消防员一本正经的模样，便恶作剧地将那块东西向下扔去。不偏不倚，那块东西刚好砸在消防员的头上。

消防员被惹怒了，他拎起高压水枪就向古德温喷射，幸亏他的同伴赶紧关掉了水枪。但这突然袭击几乎使古德温失手从高空跌下。

他打了个寒战，定定神，觉得自己的玩笑开得有点过分，就做了个请求原谅的手势。接着，立刻摘下锚钩，看中上方的一处位置，迅速投掷过去。

当啷一声，他顺势一拽，锚钩挂紧了。他马上手足并用，迅速离开这块被喷湿的墙面。因为他知道潮湿的绳索会被寒风吹得冻结发脆，淋湿的身体会被冻僵。

大运动量的连续攀援使他达到了目的，绳子上的水分大部分被甩掉、挤掉，他身上冒出热气，除了手臂发酸外，其他部位感觉良好。

此刻，街道上和对面大楼的窗口都架起了摄像机，把古德温的每一个动作都摄入镜头。但是，在攀援到400多米时，古德温突然觉得四肢无力，腹部疼痛，冷汗一滴滴冒出来。

是不是因为受到水枪的突然刺激，身体出现不良反应了呢？他爬到又一块凸起装饰物上，用双手抱住它，下肢垂下，使腹部肌肉暂时处于放松状态。然后，一面喘气，一面思考。

街上的人似乎也看出了问题，乱作一团，纷纷提出这样那样的建议。

正在人们争执不休时，古德温却出现了转机：腹痛逐渐消失，头脑清醒了，四肢重新充满活力。

他终于明白，刚才自己是处在运动的极点状态。这个难关一过，他完全有把握在下一次"极点"出现前爬上大楼的顶端。

当他的手再次扬起，又开始攀援时，围观的人们都欢呼起来，连那个曾用水枪喷射过他的消防员也情不自禁地鼓起掌来。

　　10米，5米，3米，古德温终于手搭大厦外墙顶部的水泥围沿，一个跨式腾越，成功地跃了上去。街上的人们欢呼起来，鼓掌足足有两分钟。

　　突然，人们又看到"黑点"古德温从楼顶跳了下来。不少人发疯似的惊叫起来，连电视摄影师都不敢往镜头里看。古德温从500米的高空跌下，一定会摔得粉身碎骨的。

　　但是，在古德温即将坠跌到坚硬的地面前，奇迹出现了——他那惊人的下落速度变慢了，像是有谁托了他一把！

　　直到他安然落地时，大家才弄清楚：原来，他用藏在登山袋里的细尼龙绳做保险带，一头系在摩天大楼顶部可靠的地方，一头系在身上，从楼顶跃身而下。

　　那位冲动的消防队员抚摸着古德温身上那根细尼龙绳，友善地问他："这就是你的蜘蛛丝吧？"

兄妹历险

美国洛杉矶有一对兄妹，哥哥叫贝伦德，13岁，妹妹叫莱娜，10岁，兄妹俩常在一起玩耍。

一天黄昏，太阳已经落下山，天也渐渐暗了下来，兄妹俩还在大街上不知疲倦地玩着篮球。突然，狂风大作，飞沙走石，四周一片漆黑，兄妹俩吓傻了眼。贝伦德暗想：莫非这是龙卷风？他忙放下篮球，闭上双眼，紧紧地抱住了妹妹，接着就晕晕乎乎地像风筝一样飞上了天空，飞着飞着，便什么也不知道了。

不知过了多久，贝伦德才慢慢醒来，四周黑乎乎的，什么也看不见。只听见周围传来一阵狼嗥，他吓得大叫起来："妈呀！这是什么鬼地方！"他用手小心地摸摸，发现自己躺在草地上。这时，他想起了莱娜，便壮着胆子叫了几声："莱娜，你在哪儿？莱娜，你在哪儿？"回答他的是一声声狼嗥。

贝伦德慢慢站了起来，小心翼翼地向前挪动着。现在第一件事就是找到妹妹，然后再想办法离开这恐怖的地方。"呜——"突然一声虎吼，大地都震得抖了起来，他吓得拔腿就跑。没跑几步，"扑通"一声掉进了水里。他忙爬了上来，又朝另一个方向跑去。刚跑两步，"嗷——"的一声，对面又传来狼的叫声。他吓得一屁股坐在地上，再也没有力气站起来了。

忽然，黑暗中传来"呜呜"的哭声，贝伦德头皮发麻，毛根直竖。难道这里还有鬼？仔细听听，好像是个女孩的声音。他高兴地一纵身站了起来。是莱娜！贝伦德忘记了害怕，朝哭声传来的地方跑去，边跑边喊："莱娜，莱娜！"哭声停止了，黑暗中只听见莱娜说："哥哥，我在这儿，我在这儿！"贝伦德顺着声音走上前，一把将妹妹紧紧地搂在怀里，轻声地说："别哭，别哭，我们离开这鬼地方！"

他拉着妹妹的手在黑暗中摸索着。可是，向东是水，向西也是水，四周都是水。贝伦德感到一种从未有过的恐惧和绝望："完了，我们被龙卷风刮到一座海岛上了！"莱娜一听，又哭了起来。"呜——嗷——"虎吼狼嗥一声高过一声，好像越逼越近。莱娜死死地抱着哥哥，吓得停止了哭，大气也不敢出一声。她抬起头看了看哥哥，只见他正紧锁眉头，一双大眼睛在黑暗中闪动着。莱娜知道哥哥在想办法，而且一定能想出办法来。她用脚往地上踢了踢，踢到一个东西，那东西滚了起来，原来是那个篮球。贝伦德忽然眼睛一亮，高兴地一跺脚，说："嘿，我们有救了！"他弯下腰，将篮球拾了起来，丢进水里，激动地对妹妹说："来，我们抱紧篮球，让它带我们漂到对岸去！"说完，拉着妹妹"扑通"一声跳进水里，可是没游两下，便"咕嘟咕嘟"往下沉，篮球太小，浮不起两个人。贝伦德将篮球向妹妹怀里一塞，大声地说："莱娜，你先走，别管我！"莱娜见哥哥不走，也不愿一个人走，非要和哥哥在一起。贝伦德急了，猛地一推她，生气地说："你再不走，我俩都要喂老虎，如果你不想要我死，就快回去喊人来！"莱娜见实在没有办法，只好哭着抱紧篮球，拼命地向对岸划去，她只想能快一点找人来救哥哥。身后一声声虎吼狼嗥不断传来，莱娜只能在心中默默地祈祷着：上帝，保佑哥哥没事。

不知过了多久，终于划到了岸边，她拖着疲惫的身躯爬上了岸。忽然，她的身后亮起了灯光，闪亮闪亮的。莱娜回头一望，顿时惊呆了，刚才她和哥哥被困住的那个岛变得灯火通明。岛的四周不是海，而是人工湖。岛上原来是个动物园，那些猛兽还在灯光中嚎叫着，但一只只都被关在铁笼子里。怪不得在岛上只听见猛兽的叫声，而不见影子。哥哥贝伦德正站在灯下向她挥手呢！莱娜立刻明白了，一定是龙卷风把他俩给卷到了这个湖中的动物"岛"上。她长长地吁了口气，想向哥哥挥挥手，这时她才感到手脚早已麻木得不听使唤了。

公园的工作人员用船把贝伦德送到岸上。兄妹两人紧紧地搂在一起，他们什么话也没说。莱娜感到哥哥搂着她的手臂是那么有力，让她觉得好安全，就像爸爸在身边一样。

拦截 "太阳火"

20岁的安琪尔家住美国丹佛市，她有一辆1997年出厂的红色通用轿车，名字叫"太阳火"。

安琪尔经常驾驶着"太阳火"往返于科罗拉多州境内的高速公路上，当车以100公里以上的时速飞驰时，她觉得自己好像插上了翅膀，所有的烦恼都统统抛到了九霄云外，那种美妙，那种刺激，不是每个人都能体会到的。

父亲见她把"太阳火"开得比火箭还快，就劝她慢一点，小心出意外。每次听到这话，安琪尔总是把嘴一撇，心想，"太阳火"已经被我操纵得服服帖帖了，就像是我的胳膊和腿一样，要走就走，要停就停，怎么会出事呢！

这天下午，安琪尔像往常一样，一边把油门用力往下踩，一边把车里的音乐开到最大，将"太阳火"驶上了高速公路。看着一辆辆被自己甩在身后的汽车，听着耳边呼呼作响的风声，安琪尔的情绪一下到了巅峰，忍不住随着音乐嘶吼摆动起来。她对这条公路再熟悉不过了，知道再行驶两分钟，就要进入一个弯道，穿过它，汽车就好比小鱼游进了大海，因为那是一条宽阔的六车道，到了那上面，车子想开多快就可以开多快。

眨眼间，弯道就在眼前了，安琪尔丝毫没有减慢速度，只是使劲按了几下喇叭，然后猛地一打方向盘，呼啸着滑出一道弧线，谁知眼看就要出弯道口的时候，她猛地看见一辆大货车正打着应急灯慢慢向路边靠去。这辆货车实在太大了，几乎占据了半个路面，要是"太阳火"再不减速的话，马上就有相撞的危险！

安琪尔惊出了一身冷汗，赶紧抬起踩着油门的脚，哪知道放开了油门，"太阳火"的速度丝毫不见下来，她来不及细想，使出全身力气猛踩刹车，可是连踩了几脚，根本一点反应也没有！

原来，刹车和油门在这个紧急关头全部失灵了！怎么办？怎么办？安琪尔头脑一片空白，她把眼睛一闭，猛按喇叭，把头扭到了一边，看来这回是在劫难逃了，是生是死只能听天由命喽！

　　那辆大货车因为出了点毛病，正准备在路边抛锚，车上的司机突然听见身后的喇叭一声比一声响，一声比一声紧，不知道发生了什么事，脑袋刚探出车窗想看个究竟，就感到一阵劲风迎面而来，简直让他窒息。没等看清是怎么回事，一个红色的物体擦着货车的车身，像一团燃烧的火焰，只在他眼前留下了一股青烟，转眼消失在前方的车流中。

　　当安琪尔睁开眼睛，发现自己安然无恙时，忍不住喊道："感谢上帝！"其实刚才她已经在鬼门关走了一回了，如果方向盘稍偏一点，她再感谢上帝也没用了。

　　危险暂时躲开了，但"太阳火"还在飞驰，那曾经让安琪尔听上去兴奋无比的引擎声，现在在她的耳朵里已变得恐怖无比，她不知道"太阳火"要把自己带到哪里。这几年来，它一直都在听从自己的指挥，没想到今天自己却要受它的摆布了。

　　正在这时，安琪尔忽然想到了随身带着的手机，对，赶快用手机向警方求救，也许只有他们才能帮自己拦住这匹"脱缰的野马"。想到这儿，安琪尔掏出了手机，哆哆嗦嗦拨通了"911"报警中心。

　　"对不起，您现在超出了服务区，所以暂时无法帮您接通电话，请稍后再拨……"

　　天哪，怎么会这样！安琪尔差点哭出了声。这时，父亲的忠告在耳边响了起来，这一刻她真正领会到了后悔的滋味，可是有什么用呢？她现在只有任凭汽车以每小时100多公里的速度沿着州际公路向前疾驶，惟一能做的就是紧握方向盘和按喇叭，去超越和避让前面的汽车。

　　两分钟后，安琪尔再次拿起了手机，虽然信号不好，但总算接通了。听完安琪尔语无伦次的叙述，接线的警察马上说："小姐，请再坚持一会儿，我们马上就到。"

　　这番话，是安琪尔长这么大听到的最好听的声音，她再也忍不住了，泪水哗哗直淌，心里暗暗发誓，如果这次能脱离险境，这辈子再也不碰车了！此时，她的心跳已经变得比车速还快了。

　　工夫不大，七八辆警车呼啸而至，对"太阳火"展开了大追逐，当他们与安琪尔并驾齐驱的时候，才发现情况远比他们想象得要糟。

　　警察们通过无线电商量了一下，最后决定用一种高危险的"特技方法"迫使失控的汽车停下。只见其中一辆警车忽然加快速度，冲到了"太阳火"的前面，然后在离它数十米的地方开始减速，直至警车的尾部抵碰到"太阳火"的前部挡板，就听"砰"的一声巨响，警车被撞得晃悠了几下，但很快又恢复了平衡，接着继续放慢速度，将尾部向"太阳火"抵去。不知内情的人远远看去，还以为是"太阳火"在推着警车前进呢。

　　安琪尔在车里被撞得连声惊叫，虽然害怕得心都快从嗓子眼蹦出来了，但明显感到"太阳火"的速度在减慢，这时她才相信，自己马上就能得救了。

　　经过几十次的抵碰，"太阳火"和警车的速度变得越来越慢，几分钟后，"太阳火"终于被硬生生地截停下来，一场因刹车失灵引起的夺命狂奔就这样结束了。

　　当安琪尔被人搀扶下车时，已经浑身虚脱了，她将一辈子也忘不掉这一天——2004年4月4日。

九死一生 "9·11"

2001年9月11日上午9点，位于美国东海岸边的纽约，一切都很平静。离海岸不远的世界贸易大厦，工作人员正在陆续上班。在第86层的诸小玲，正在公司的办公室里收拾文件。她今天提早上了班，来处理一点业务，不料却经历了一场震惊世界的巨大灾难，经受了一回生与死、勇敢与怯懦、利己与助人的道德考验。

一切都从9点过后那一声轰天的巨响开始的。当时，诸小玲正在办公室，面对电脑，响声起处，开始只以为是发生了地震。转眼一想，这里不是西海岸，地震的可能性不大。但她能想出的最坏的可能，只是曾经在地下车库发生过的恐怖事件，是那些恐怖分子又炸了车库？

几分钟后，诸小玲觉得情况不好，窗外，已经升起阵阵浓烟。她冲出办公室，只见高层的人已经蜂拥而下。看来，电梯已经停开，人们正沿着安全扶梯，鱼贯而下。从他们的交谈中，也分不清是有什么轰击了高层楼室，是导弹，还是飞机？

只走了10层不到，又一声巨响响起，与大楼并列的另一座塔楼中间立即冒起了浓浓的烟火，看来，这是一次有计划的连续攻击，攻击的目标便是曼哈顿举世闻名的世贸双塔大楼。诸小玲所在的一号楼首先遭到攻击，然后是二号楼。

楼梯里挤满了人，大家走得很慢，那气氛紧张到了极点，却一个个跟着前边的人，秩序出奇地好。是呀，这时候只要有人惊慌，抢先夺路而下，整个楼道就会出现混乱。一旦出现混乱，在楼梯里的所有的人没有一个人能够逃生。

下到第30层，人流已经停滞，再也无法跨下一步。每一层都有人加入人流，人们只得按捺住心头的焦急，等着前边的人跨开步子，才轮着自己迈步。突然，身后传来急促的喊声："让一让，让一让，有伤员，让受伤的人先走。"于是，人们迅速往两边分开，诸小玲只觉得自己跟前后的人紧紧地贴在了一起，她长得矮，只能从前边人的肩膀上，稍微看到受伤的人，看到他们染着鲜血的衣衫和脸。

没有抗议，没有怨言，伤员一个个挤过人流，率先走向下一层，走向新鲜空气和生命。浓烈的、呛人的有毒气体已经渐渐从上层降下，人群中，此起彼伏地响起咳嗽声，愈加增添了紧张的气氛。诸小玲记起自己的小包中，有一双刚刚买来的袜子，倒是一件抵抗浓烟和灰尘的装备。但是，人那么挤，别说无法拿出来，就是拿了出来，也不好意思自己套上，那样做，会引起人群的慌乱，还是忍一下吧。

足足花了40多分钟，诸小玲才随着人群踏上了底层的厅堂，厅门大开着，不少人加快了脚步，走向广场。那里虽然依旧浓烟弥漫，还不时有高层的建筑物碎片落下，但是，那是走向生命的惟一通道。

走到门口，门外拥进一群消防队员。他们背着沉重的器材，边跑边喊："哪一层着火啦？伤员在哪里？"诸小玲让在一旁，等他们冲到最危险的地方去。当她正要跨步出门时，突然听到一阵阵急促的喘息声，在门边的一个角落里，正横躺着一位中年妇女，从她喘息声中，可以听出她的痛苦。

诸小玲收回跨了一半的腿，回头来到角落里，她看到了那位妇女痛苦的面容。那位妇女大约是吸进了浓烟和灰尘，哮喘病犯了，无法动弹。诸小玲没有再思考，立即打开自己的小包，取出那双干净的丝袜，套在了那位中年妇女的脸上，然后一蹲身，把她拉起身来，一同朝大门走去。

外国妇女到了中年，大多发了福。矮矮的诸小玲几乎背着她，完全被她包在了里边。好沉呀，开头几步，诸小玲简直跟跟跄跄，倒像自己是位伤员。走了几步，她才稳下步子来，一边往前，一边注意头上落下的碎片。

走出几十米，周围的人才发现是瘦小的诸小玲在中年妇女身下，支撑着这个庞大的身躯。两位男子立即前来，接下了罩着丝袜的病人。他们来不及说什么，便架着那人朝远处的救护车奔去。

这时候，二号楼轰隆一声塌了下来，一阵浓烟、灰尘直朝诸小玲涌来。她拿出在学校跑百米的冲刺速度，穿过了满目疮痍的街道。她庆幸的并不是因为自己能够救出一位病人，而是能够融入一个团体之中，当危机到来的时候，和所有理智的人一样，按照秩序和文明的方式，做出了自己力所能及的努力。

雪底的挣扎

　　1967年12月7日，加拿大西部阿尔伯达省的罗布森山发生了一场严重的雪崩。当时，年轻的金矿工人雷波里正在离地面15英尺高的防雪棚上清理杂物。突然，罗布森山上那几百万吨积雪以迅雷不及掩耳之势，顺着山坡铺天盖地倾泻下来，防雪棚在刹那间就被摧毁了。雷波里先是被汹涌的雪浪抛到半空中，接着又随同晶莹的白雪一起坠落下来，一下子失去了知觉。

　　不知过了多少时候，雷波里从昏迷中清醒过来了。他发现自己俯卧在雪底下，身上压着几吨重的积雪。幸运的是，这儿有几块大石头为他挡住了雪崩造成的滚石。他头上的安全帽也没弄丢，手一拧，还能打开安全帽上的矿灯。他将两只伸开的手臂收拢来，发现它们也没受伤，只是右腿隐隐作痛。他在雪中稍一活动，四周就造成了一个小小的空气室，使他看到了生的希望。但是，他马上又隐隐感到不远处的柴油发动机的震动。他知道，自己离矿井口不远，柴油机排泄出来的废气和油烟会渗透进雪层，使自己窒息身亡。他立刻减慢自己的呼吸频率，尽量保存雪窟中有限的氧气。

　　但是，如果不采取行动，埋在雪底下只有死路一条。他试着用手刨了一下，发现周围的雪比较松散，就一面扩大空隙，一面朝前爬，不一会儿，他拧亮矿灯一望，身体竟朝前移动了几英寸，他顿时高兴起来。

　　只要继续在雪底下向前钻，总能重见天日的！但是，当他又扒拉了半个小时后，突然害怕起来了：自己到底是在向雪的表面扒呢，还是在向雪的深处扒呢？如果是后者，他不是在一步步爬向死亡吗？他迟疑了好半天，做不出正确的判断。他想，如果头朝下，血会涌进脑袋，会有一种发晕的感觉。他立刻改变体位，但感觉没有明显的改变。这时，他又怀疑自己原来一直是平卧在雪底下，就转过90度，上下试着感觉，头晕的差别仍不明显。最后，他决定不去管体位如何了。他想，有力量钻到地皮表层，也一定有力量再重新钻出去！他休息了一会儿，选定一个方向，双手奋力扒起雪来。

扒着扒着，他的腹部一阵紧一阵地疼痛起来。他看了一下表，发现自己已有近20个小时没吃东西了，饥饿加上剧烈的拼搏，使他的胃痛又发作了。他不得不停下来，用手捂住腹部，大口大口地喘着气。

过了好一会儿，疼痛减缓了。他打开矿灯，想寻找周围有什么可供充饥的东西。突然，他发现脚边有一只刚死不久的松鼠，就一把抓了过来，用牙齿撕开坚韧的松鼠皮，细细地嚼起还有点温热的松鼠肉来。

他把剩下的松鼠肉保存起来，以备再次胃痛发作时吃。他不敢再像以前那样拼命扒雪，只敢慢慢地扒，让身子如同虫子一样在雪底下一寸一寸地蠕动。

突然，他的手又摸到一样柔软的东西。他打开矿灯，仔细一看，竟是一条人腿！他立刻狠命扒开那人身旁的雪，细细打量，那人是金矿巡逻员盖泰克，他的身体虽然还有点余温，但心跳和呼吸早已停止了。雷波里看了看他周围的情况，发现他在雪底下没有尽力挣扎求生。雷波里默默地为这个体格强健的人感到悲哀。

他在盖泰克的尸体旁又吃掉了剩余的一半松鼠肉，画了个十字，继续朝前扒雪钻行。

又过去了20个小时。雷波里仍陷在雪中，他的手早已冻僵了，胃痛也一次又一次地发作，但他没有丧失信心，仍在不断地扒着身边的雪。

终于，一丝亮光出现在他的上方，他更加努力地扒起来。那亮光渐渐扩大，最后竟变得如同只隔着一块毛玻璃一样，雷波里激动地往上一冲，整个身体立刻暴露在刺骨的寒风中。

他看见了蓝天白云。他欣喜若狂地大叫起来。要知道，他在压着自己的那座"雪山"里，足足向上钻了40英尺！

但是，随着他的喊叫声，又一阵雪崩爆发了。雷波里急中生智，蹿到一棵粗大的松树边，紧紧抱住树身。滚滚雪流一泻而过，他只是被石块擦出点轻伤，现在，他的生命已完全在他自己的掌握之中了。

最后一步

加拿大有个走钢丝的杂技女演员，名叫苏珊。她因在一次表演中失误，跌断了一条腿，后来医生为她装上了假肢。她为了能重上舞台，天天都坚持不懈地锻炼，经过两年时间的刻苦训练，终于能用假肢走钢丝了。

1984年6月27日，在这个极普通的日子里，苏珊将首次在首都的斯曼特体育馆举行假肢走钢丝的公开表演。这天，体育馆内人山人海，人们都从各个地方赶来看她的表演。只听见一阵鼓声，苏珊身穿天蓝色的丝绒服出台了。聚光灯的强光一起照在她的身上，镶在丝绒服上的圆形小金片熠熠闪亮。她昂首挺胸，脸上带着十分自信的笑容，向观众深深地鞠了一躬，接着就跨上高高的钢丝绳，动作优雅地在钢丝上一点一点向前移动。台下千百双眼睛注视着她，她的身姿是那样轻盈、平稳、优美。

这时，节目的司仪用麦克风向观众们兴奋地说："小姐们，先生们，你们看看苏珊，她的动作是那样潇洒，跟过去没有一点区别，让我们为她鼓掌！"顿时台下响起了一片掌声，久久不肯平息。

苏珊走到钢丝绳一半的时候，已经气喘吁吁了。她感到头昏沉沉的，胸口也隐隐作痛。她毕竟和常人不一样，假肢实在太重了。还有两米多的距离到终点，她稍微调整了一下体姿，咬了咬牙，又继续向前迈开了步子。

突然，一道强光照向她，刺得她睁不开眼，脚步也不禁有些零乱了。她的心一下子提到了嗓子眼，身体左右摇晃起来，手中的平衡杆也有点握不稳了。

观众似乎有点感觉，都目不转睛地、紧张地盯着她。只听司仪说道："看样子苏珊遇到了麻烦，但我想她会没事的，上帝在保佑她！"场内的气氛越来越紧张，苏珊在上面暗暗叫苦。她知道自己不同于一般的走钢丝演员，因为她右腿膝盖以下的部分是医生为她安的假肢，走起路来毫无知觉，所以她必须借助眼睛的观察，来确定右腿在钢丝上的位置。现在这道强烈的光线却使她几乎睁不开眼睛，让她一筹莫展。突然一声尖厉的叫声打破了沉寂："快把灯光移开，别对着她的眼睛！"

喊叫者是苏珊的丈夫。他一见妻子的动作零乱，就看出是那道该死的强光搞的鬼。上面负责灯光的人忙移开了聚光灯，并把灯光调弱。当灯光再把苏珊呈现在观众眼前时，她已重新镇定自如地向前进，观众们都为她松了口气。司仪又说："上帝永远都在保佑苏珊！让我们大伙鼓足劲，等苏珊成功地走完，再向她献上最热烈的掌声吧！"

虽然观众都放下了心，但是苏珊的心却紧张地跳个不停，她已经感到非常疲惫了。她不敢放松，只是暗暗地一遍又一遍对自己说着："马上就结束了，你能行的。"她的身体开始轻轻地晃动着，脚下的钢丝也在微微地颤抖起来。快了，快了，再走几步就到达终点了。苏珊极力地控制着自己的情绪，保持着平衡，有节奏地挪动着步子。她不敢想象如果从这10英尺高的钢丝绳摔下去，将是什么后果，况且自己又没有系安全带。

这时，她听见自己的丈夫在下面大声地呼喊："苏珊，你能行，还有几步了，你能行！"司仪也随着他用麦克风喊道："加油，苏珊，你还有5步就成功了！"接着他大声地数着："5、4……"观众们都从座位上站了起来，有节奏地鼓起掌来，并也异口同声地数着："5、4、3……"

苏珊感到假脚仿佛像灌了铅似的，挪动一下都要用尽全身的力气，但她在观众的掌声中又觉得浑身都充满了力量。她和着掌声的节拍向前挪动着，同时观众们也大声地数着："3、2……"终于，只有一步之遥了，她脚踮着钢丝，腾空而起，在空中踢出一道完美的圆弧，随着观众们一声"1"的喊声，稳稳地落在钢丝支架上，身后的钢丝还在剧烈地抖动着。顿时，台下掌声如雷，经久不息。

苏珊回到舞台上，向热情的观众深深地鞠躬。她用哽咽的声音对全场的观众说："是你们在最后一刻给了我力量，扶住了我。感谢大家！"说完脸上已挂满了泪花。

勇斗毒蜘蛛

这是好多年前的事了。那时，巴西亚马逊河边的热带丛林里有个小镇，镇上有家小旅馆。开旅馆的夫妻俩有一个活泼可爱的儿子，名叫彼德罗。

一天早上，彼德罗的妈妈发现住在阁楼上的一个客人全身发黑，死在了床上。夫妻俩大惊失色，立刻报告了卡扎克上校。卡扎克上校是新上任的驻军团长。这家伙暴躁粗野，碰到案子，往往不作详细的侦查，就下令将人处死。接到报案后，卡扎克上校就宣布彼德罗的爸爸妈妈犯了共同谋杀罪，立刻逮捕。

彼德罗大叫起来："我爸爸妈妈不会伤害人！那是一条蛇！那儿准有毒蛇！"

卡扎克说："证据呢？有证据吗？"说着手一挥，命令士兵将彼德罗的爸爸妈妈押走了。屋里只剩下彼德罗一个人。

往日热闹的旅馆变得冷清清的，彼德罗也一下子成了孤儿。他蜷曲在客厅的沙发上哭了一阵，忽而想到，哭有什么用？应该找出证据，才能救出爸爸妈妈。他坚信，这凶手不是人，肯定是毒蛇或别的什么有毒的家伙。别看彼德罗小小年纪，他可比卡扎克上校会动脑筋。他分析过了：爸爸妈妈绝不会是凶手。昨天晚上，他还听那个客人讲有趣的故事，看样子，他决不会自杀。那么，只有上楼去寻找那毒蛇或是什么别的坏家伙了。

彼德罗爬上阁楼，在小房间寻找起来。他钻进床肚，挤进壁橱，一直找到天黑，什么也没找到。他猛地想起小狗白雪公主，何不让它来帮忙呢？或许它的鼻子灵，能嗅出毒蛇在哪儿。他转身下楼，将小狗抱了上来。然后躺到了那张可怕的木床上。他没有点灯，借着窗外照进来的一线月光，看着头顶的屋梁、柱子。他想象着，毒蛇要是从柱子上游下来，他就一刀刺过去，将毒蛇钉在柱子上，那就成了证据，准能洗刷爸爸妈妈的不白之冤……

　　想到这儿，彼德罗使劲握了握手里的那把削水果的尖刀。但是，没过一会儿，他那握着尖刀的手渐渐松开了。他实在太累啦，他的眼皮慢慢地合上，不久，便进入了梦乡……

　　睡梦中，彼德罗觉得裸露的胸脯上，有点儿痒痒的。他使尽力气，睁开眼睛。这时，窗外月光照进来，屋里明晃晃的，什么都能看清。他看到在自己的胸脯上，有一些毛茸茸的长脚在爬。仔细瞅瞅，是一只蜘蛛。可眼前这只蜘蛛太大了！它浑圆的黑色身体几乎有一个盘子那么大，一只只长长的毛脚就像蟹脚一样，圆滚滚的眼珠子一眨一眨，闪闪发光。

　　彼德罗怎么也不敢相信，这会是蜘蛛。他只以为自己还在梦中，任凭它从身上爬过去，直到身上痒痒的感觉消失为止。他觉得一阵舒服，又呼呼地睡着了。

　　忽然，小白狗"汪"地叫了一声，彼德罗惊醒了。他似乎看到刚才梦中见到的那只可怕的大蜘蛛正叮在小白狗的鼻子上。小白狗头一甩，把那大蜘蛛从彼德罗脸上甩过去，落在地板上。彼德罗爬起身，只见大蜘蛛翻了个身，几下就爬到床头的一根柱子上去了。

　　彼德罗一转身，看见小白狗已无声无息地摊开四只脚死在床上了。他脑海里立刻闪过一个念头：这个大蜘蛛就是凶手！这时，大蜘蛛正停在他头顶的柱子上，那弯刀形的大颚在摇动，那双凶残的眼睛恶狠狠地盯着他。

　　彼德罗心慌意乱，拿起床上的枕头朝它砸去。大蜘蛛"笃"的一声，落到地板上，可它并不逃跑，竟对彼德罗"嘶嘶"地叫着。彼德罗跳下床，绕到大蜘蛛背后。大蜘蛛以为自己胜利了，迈开长脚，又向柱子爬去。彼德罗举起尖刀，"刷"的一下刺过去，将大蜘蛛牢牢地钉在地板上。大蜘蛛扭动了一阵，死了，一股酸臭的毒水流了出来。

　　彼德罗冲下阁楼，打开门，大声喊叫起来。叫喊声惊动了左邻右舍，人们纷纷来到他家，几位老人见了说："这是一种最毒的蜘蛛，只有亚马逊河上游的山岭附近才有。别说人和狗，就是牛也能毒死呀！"这时大家高兴地向彼德罗祝贺："孩子，你的父母有救了！"

救球动作

　　在阿根廷首都布宜诺斯艾利斯城，有一幢四层楼的白色别墅，里面住着年轻的妇女玛拉尼和她5岁的小女儿辛娅。

　　这一天，阳光明媚，晴空万里，广播里传来主持人一次又一次热情的召唤：下午，首都青年体育场将举行一场实力相当的足球比赛。

　　阿根廷跟南美的巴西一样，也是一个足球王国。这里的男女老少都爱看足球赛，而且都争先恐后地要进足球场看球赛。

　　今天下午的比赛，是在两个著名的青年足球队间进行的，两队都声称自己拥有未来的世界球王，比赛将进行得十分激烈。

　　玛拉尼的丈夫在三年前死于车祸，他也是一个狂热的球迷。受他影响，玛拉尼几乎也是每场球赛必看。这时，她站在镜前，正在专心致志地化一个淡妆。

　　但是，她发现，不是粉盒突然消失，就是眉笔突然失踪，她在梳妆台上下寻了一会儿，忽然明白过来：一定是女儿辛娅故意开玩笑，把这些东西偷走了。

　　果然，她听见辛娅正楼上楼下咚咚咚地跑着，她叫住女儿，果然，她小手里捏着粉盒和眉笔。

　　这时，玛拉尼忽然看见街上有几张熟悉的面孔，就指着窗外说："瞧，球星们上街买东西了！来，把手里的东西给我，跟球星们打招呼！"

　　辛娅惊奇地朝街上望去，真的，她熟悉的几个球星在大街上闲逛着，在他们身旁，跟着一大群球迷。她快活地叫喊起来，很快将手里的粉盒和眉笔还给妈妈，双手抓住窗台上的栏杆，一下子爬了上去。

　　玛拉尼接过化妆品，吩咐女儿说："小心点儿，妈妈马上带你到街上去。下午，我们就能坐在体育场上看他们踢球了。"

　　说完，玛拉尼快步回到三楼的化妆台前，对着镜子擦起粉来。

　　这时，四楼上的辛娅想起了其中一位球星的名字，他就是著名的青年守门员坎迪拉多，他的脸上有一道宽宽的伤疤，那是一次抢救险球时，被球门旁的一块木片弄出来的，辛娅曾为此痛哭了一场，还烧掉了不少捡来的碎木片。

　　这时，她快活地摇晃着木栏杆，高声叫着："坎迪拉多，坎迪拉多！我烧掉了一大堆碎木片，你听见了吗？"

　　她一边喊，一边摇晃栏杆，仿佛非让坎迪拉多注意到她不可。

　　但是，坎迪拉多正和他的球员们闲谈着，跟着他们的球迷也不断问这问那，有的还拿出签名簿，让他们签名留念，谁也没注意到附近的四楼窗台上的这个小女孩。

　　辛娅喊了一阵，见球星们没注意到她，就唱起一支名叫《上帝保佑可爱的人》的歌来。她唱得很认真，全心全意要把这支歌献给她喜爱的球星。

　　奇怪的是，歌声虽然没有她的喊声那么响亮，但街上的球星们竟听到了。有个球员抬头一寻找，立刻指着四楼窗台上的小女孩对大家说："瞧，这么漂亮的小球迷，你们谁想把她娶回家去？"

　　一句话，把球星和球迷们说得笑了起来。守门员坎迪拉多眯着眼睛朝上望去，亲切地朝小女孩抛了一个飞吻。

　　这时，小女孩辛娅激动地叫道："坎迪拉多，坎迪拉多，我崇拜你！"

　　坎迪拉多也开玩笑地喊道："美丽的小姑娘，我也崇拜你！"

　　辛娅开心极了，高声喊妈妈快上楼来跟球星们打招呼。这时，玛拉尼已在化妆台前听见了女儿和球星们的喊声，兴奋地跑上四楼，想抱起辛娅跟球星们打个招呼。

　　谁知，她在窗台前被什么东西绊了一下，身子猛地向女儿倒去，哗啦一声，木栏杆也被撞断了，小女孩辛娅惊叫一声，从四楼窗台口栽了下去。

　　这时，坎迪拉多已离开这幢白色建筑好几米远，视野里忽然发现有样东西自天而降，当守门员形成的条件反射使他下意识地猛然转过身去，当他目光扫射过去，发现是小女孩从楼上掉下来，就不假思索地跃身扑救，被他抱个正着。

　　坎迪拉多双手牢牢抱住小女孩辛娅，滚了几滚，慢慢地站了起来。定睛一看，小女孩的脸虽然吓白了，但半点也没受伤。

　　这时，楼上楼下，响起了欢呼声和鼓掌声。

险遇火蛇

南美洲的亚马逊河流域，历来是生物学家和探险家感兴趣的地方。

1990年的一个深秋，又有一支考察队向亚马逊河进发了。他们一行9人，队长是蓄着一脸大红胡子的安德逊；向导是当地的老人，名叫施雷维克，别看他胡子花白，却眼尖耳灵、步履轻捷。

这天他们一早出发，进入了丛林深处。这里林木苍翠繁茂，蓊蓊郁郁，简直见不到太阳。考察队员们走着走着，不知不觉已近黄昏。

他们在林中找了一块平地，打算搭起帐篷，进餐歇宿。

安德逊一面指挥大家搭帐篷，一面同一个队员找来枯枝干柴，准备生起篝火烧水做饭。

施雷维克见了，大叫道："喂，队长，快别点火，这里保不住有那家伙，万一被它们见到了，可不是玩儿的。"

安德逊不解道："你指的是什么？"

施雷维克道："本地人称它们为火妖，见火就扑，若碰巧附近有人，还要噬人，最好别惹它们。听人说，这一带夜间万不可生火！"

安德逊问道："你亲眼见过火妖吗？"

"那倒没有。"

安德逊笑了起来："老兄，你们这儿的迷信多着呢。据我所知，上至飞禽走兽，下至爬虫水族，几乎都是天生怕火的。"

施雷维克道："你懂得很多，我说不过你，但是我还是相信老年人的话。你们一定要生火，我就在外面巡逻，万一听见我的叫喊，你们赶快行动。"

说着，他抽出一把大砍刀，离开大伙，钻进树林去了。

夜色越来越浓，篝火越燃越旺。队员们擦身洗脚，喝酒吃饭，痛痛快快饱餐一顿。大家一路辛苦了，这会儿感到身乏腿软，未进帐篷，就在火堆旁横七竖八躺倒了。

突然，树林中传来施雷维克的喊叫声。几个未曾睡着的队员一跃而起，忙问："出了什么事？"

只见向导手里挥舞着大砍刀，脸色惨白，连蹦带跳跑来，叫道："快，快，快扑——扑火！不，来不及了，快离开火堆！"

考察队员们还没回过神来，只听见他身后10米开外，二三十条碗口粗细的巨蛇风一般追来。这些蛇模样儿十分怪异，它们皮肉呈透明状，内脏闪闪发出红光来，夜里看去，色彩斑斓。在火光照映下，两眼隐隐发绿，委实可怖。

队员们见此都吓坏了，连忙叫醒睡着的队员，没命地逃走。好在这些怪蛇只冲着火堆而来，倒也并不追他们。

大家逃出50米左右转身一看，妈啊，几条大蛇已在火堆上往来穿梭，其余几条也都跟着它们在火堆中翻滚，扭摆，扑腾，拼命地要扑灭火焰。烈焰烧灼着它们，发出"吱吱"声。它们全然不顾，只是一味地舍命灭火。

火堆边好像还有一个人。呀，一个刚醒来的队员被蛇咬了一口，倒在地上，这人正是队长安德逊！

英勇的施雷维克大吼一声，回过身去，一把挟起队长就跑。

一条大蛇追他们来了！

施雷维克手起刀落，砍下了它的脑袋……

没多久，火被熄灭，蛇也散去了。

据说这种蛇叫火蛇，任何夜间的火光都会刺激它们的眼睛。舍死忘生地去灭火，正是它们的本能。

毒树下的白骨堆

　　秘鲁是个多山国家，号称世界河流之王的亚马逊河就发源于此。河流源头处，尽是莽莽林海，在参天大树之下，长满了各种奇花异草，凡来过这里的人，无不赞叹大自然的壮丽。

　　一天，一座名叫方塔的小镇上，来了三位外国科学家。他们分别来自美国和英国，年长一点的叫史密斯，是大学教授，另外两位是杰克逊和麦考利尔，也都是研究植物的。他们来这里的使命，是要考察一种当地印第安人称之为"见血封喉"的植物，因为这植物已濒临灭绝，世界上就此河谷中尚有存在。

　　"见血封喉"是一种奇毒无比的树。关于树的来历，当地还流传着一则故事。相传古时这里有一只凶残无比的花豹，每天出没山林，残害人畜，农户深受其害，纷纷逃离。一天，从东方飞来一只神鸟，身上的羽毛美丽极了，能随着歌唱不断变化颜色，一会儿紫红，一会儿银白，一会儿天蓝，一会儿又变得碧绿。有天早晨，神鸟见花豹出来寻食，叼走一户农家孩子，农妇哭叫着在后追赶，可豹子头也不回地朝山上跑去。神鸟怒不可遏，飞落在树枝上，拦住豹子说："快放下孩子吧！你不见孩子的母亲伤心得快要疯了吗？"花豹抬头见是只鸟，怒吼道："快滚开，否则我把你也吃掉。"神鸟决不让路，不一会双方便厮打起来。神鸟"扑啦"一声展开双翅不停地追啄花豹，而花豹也咆哮着又蹦又跳。几个回合下来，花豹的眼睛被啄瞎了，最后倒在山边死了。农妇立即赶上前去抱起孩子，朝着神鸟拜了几拜。神鸟高兴地抖抖身子，一片片绿色的羽毛散落下来，山上立刻变得碧绿青翠，而在花豹死去的山边长出一丛矮树，据说这就是"见血封喉"毒树。

　　三位科学家想找到这种树木，并弄清它的分布、生长、繁殖以及危害程度等情况。于是他们找到一位土著头领，请他帮助找个向导，可是头领一口回绝了。他说这里的印第安人都把这种树视作魔鬼，谁也不愿碰到。无奈之下，三人只得请头领介绍如何寻找和识别此树。头领绘声绘色地描述道：此树长得不高，一丛一丛的，就似卧伏地上的花豹，树上长满了长刺，那都是豹的利牙利爪；暗红色的叶子和浅黄色的树干是花豹身体的本色，而葡萄大的果子便是眼珠；花豹凶残的本性则变成了毒液。最后他劝大家千万不要去找，因为，直到现在还没有一种可以解毒的药。

头领说完，见三人显得有些惊疑，便又告诫说，一旦人兽被毒刺刺破皮肉，片刻间就会感到喉咙被封堵，转瞬便窒息死亡。接着他连说几个"太危险了"。然而史密斯他们在冒险精神的激励下，还是决心亲探林海。

为了防止意外，大家又做了周密准备，除了带上十余种解毒药外，每人都穿上多层防渗透的防护衣，又戴上金属头盔和靴子、手套，全套装束就像古代武士。一切准备妥当后，便徒步进入林海。

史密斯是个倔强的人，毅然冲在了两个年轻伙伴的前头，他们在林中转悠了半天，尚未见到毒树踪影，当晚只得在林中一处凹地宿夜。半夜时，忽听风声大作，顷刻间下起大雨，三人惊恐万分，好不容易熬到了天亮，又开始新的寻找。就这样，他们在森林中不觉已过了四五天，但依然毫无发现，不免有些泄气。一天中午，走在前面的史密斯突然大喊："停下，停下！"后面两人顺着他手指的方向，见前面绿树丛中隐约可见一丛红叶，各人心中一阵紧张，哦！可怕的红叶树。他们小心翼翼地向前走去，近了，杰克逊小声说："是的，就是这树。"又走近几步，麦考利尔怀疑地说："怎么不见长刺？"三人再细细观看，果然不像土著头领说的那样。大家一阵傻笑后议论起来，以为只不过是民间的恐怖传说，并非真有毒树。

三人说笑议论间，忽听山上一声枪响，不多久又听到一声野兽的惨叫，随后又是死一样寂静。史密斯站起身来遁声望去，只见前方不远处一头野猪倒在地上，他们立即跑去看个究竟，当他们快到跟前时，只听半山腰又是一声枪响，接着传来一个男人的喊叫声。史密斯他们不知发生了什么事情，惊恐地朝四周张望着。不一会，一个围着一块兽皮的猎人来到跟前，叽叽咕咕地说了许多，可是谁也没有听懂。忽然猎人手指野猪，用指头向身上一戳，然后"啊啊"地叫着。史密斯他们似乎明白了一点意思，向着野猪再细看，不觉一身冷汗，他们清楚地见到那里长着一株红叶树丛，树丛上长满了长刺和黑色果子，那头野猪的口中还流着白沫。

麦考利尔大叫："好危险啊！"接着他们请猎人帮助在野猪身上取了血样，又用镊子采摘树叶和果子，记录下有关资料和数据。忙碌了半天，谁也不敢用手去触摸一下毒树枝叶。

最后，杰克逊取出相机拍照，不仅摄下了这株毒树和野猪的尸体，而且还有树下的一堆堆白骨。

临危射"球"

故事发生在拉丁美洲的厄瓜多尔首都基多城郊外的一个农场里。

1982年11月5日，退役已有5年的拉丁派球星奥兰多和妻子辛乔芭驾驶起重机到他们刚买下的农场去。他们准备拔掉农场里一些多余的废电线杆，把那里的道路也尽量减少一些，以扩大种植面积。

临行时，他们3岁的儿子塞罗克撅起嘴，缠住他们要一起去。辛乔芭没办法对付这个小家伙，只好把他抱上了起重机。

拔除废电线杆是一项危险的工作，即使报酬高也雇不到人。辛乔芭让儿子戴上安全帽，还用一根绳子拴住他的腰，不让他随便离开起重机。谁知，他们刚到农场，塞罗克就悄悄解开腰里的绳子，溜下了起重机。

夫妇俩不见儿子的踪影，顿时着急起来。两人分头寻找，终于在一块向日葵地里找到了他。辛乔芭生气地将儿子牢牢拴住，绳结打得连她自己也解不开，这才叫奥兰多一起开始拔电线杆。但是，由于这么一干扰，他们将切断废电线杆电缆电源的大事疏忽了。

奥兰多在地面用铁链绑好电线杆根部，辛乔芭控制启动引擎，起重机的弓臂挂钩钩住铁链，左右晃动几下，大功率的起重机就将电线杆摇松了。接着，起重机弓臂缓缓抬起，电线杆就被连根拔起，平放在地面上。

一连拔了好几根，一切进展顺利。奥兰多压根儿没想起切断电源这件事。他一次次地将铁链绑上废电线杆，接着再从拔起的电线杆上解下铁链，再绑到另一根电线杆上。

但是，当夫妇俩拔出第五根电线杆后，奥兰多正要去解开铁链，突然发现，有道粗如人腿、蓝光闪耀的电弧正绕着起重机的前轮噼噼啪啪地打着火花。

奥兰多倒吸了一口冷气，马上喊道："辛乔芭，电弧！输电线里有电！"

辛乔芭猛地回头，也看到了那恐怖的电光。她"哎哟"一声惊呼，出于求生的本能，竟一下子翻身跳下起重机，扑进奥兰多的怀里。但是，她马上又想起还留在起重机上的塞罗克，要知道，他身上绑着绳子呀！

辛乔芭立刻又挣脱开奥兰多的胳膊，高喊着塞罗克的名字，猛地朝起重机冲去。奥兰多喊道："你疯了吗？电弧！电弧会把你打倒的！"

话没说完，辛乔芭身后已噼噼啪啪响起了电火花声。那道电弧顺着湿土，竟缠到她的脚边。一时间，辛乔芭的头向后一仰，牙齿龇露得连白齿根都看得一清二楚，浑身剧烈地晃动起来。当那道电弧稍一离开她的身体，她又不顾一切朝起重机扑去。

辛乔芭颤抖着爬上起重机，拼命去解捆在儿子塞罗克身上的绳子。但是，不管她怎么使劲，都没法解开。

奥兰多焦急万分，喊道："快倒车，倒车！"

辛乔芭也猛地醒悟过来，扑上驾驶台。但是，已为时太晚，那道千方百计寻找接地点的电弧又转了过来，一下子又噼噼啪啪地在起重机前臂上打着火花。

奥兰多看到，随着噼噼啪啪的电火花声的起落，辛乔芭和塞罗克母子俩竟一前一后像机器人一样不停地摇动起来，神色十分恐怖。

一定得想法把母子俩救出来！现在，惟一可行的方法是挑开输电线，让它离起重机越远越好。但是，周围没有一根可靠的绝缘棒，陈旧的输电线又到处裂着口，根本无法用手接触。

突然，奥兰多的眼光集中到辛乔芭掉落的那只安全帽上：它几乎是球形的，就像绿茵场上的足球，难道不能用它来把输电线踢飞吗？

奥兰多顿时热血沸腾，仿佛一下子又回到昔日的足球比赛中去：现在离终场只有5秒钟了，就看这一脚能否破门得分！

他抓起那只橙黄色的安全帽，稍稍打量了一下那根害人的输电线，咚的一脚踢去。

啪啪啪！输电线被踢中了，它不情愿地扔下一长串电火花，跌到3米远的旱沟里。

母子俩震颤了一下，终于逃脱了电的魔掌。

杀人洞探秘

在南美洲的玻利维亚，有一座名叫圣佩德罗的间歇火山。在火山的山脚下，有一个神秘的山洞。千百年来，人们进入这个山洞，总是有去无回。有人把它叫做"天堂洞"，认为进去的人发现里面的世外桃源，不肯再回到贫穷的现实生活中来了。但大多数人把它叫做"杀人洞"，因为在洞口时常会闻到尸体腐烂那种令人恶心的气味，怎么也不能使人相信里面会是什么"天堂"！

1963年4月的一天清晨，刚从玻利维亚拉巴斯大学毕业的弗明里来到了荒芜的山洞口。他带着探险的全部装备：一支猎枪、两把短刀、防毒面具和氧气筒，还有水和食品，以便陷入困境时自救。弗明里进杀人洞还有一个目的：寻找失踪的哥哥。一年前，他哥哥因不相信那些恐怖的传说，单独前往探秘，一去无回。弗明里的妈妈为此哭瞎了双眼。弗明里想，深入杀人洞，至少要弄清哥哥的情况，人死了也得把尸体背出来。

谁也不愿跟他一起去送死，他只好独自去了。

山洞口有一人多高，洞口显得很阴暗。但往里走了十几分钟，山洞忽然变亮了。弗明里睁大眼上下左右仔细打量，发现山洞上部还有许多曲折蜿蜒的小洞，光线就是从那里折射进来的。他在周围寻找了一番，发现并没有人的尸体和遗物，就决定继续向山洞深处走去。

当他又钻过一处狭窄的岩缝时，洞里传来了哗哗的水声，抬头望去，高处有一道道飞泻下来的瀑布，如果光线再明亮一点，景色一定十分迷人。这里的异峰奇石很多，就像把全世界的名山大川微缩了搬到这里一样。弗明里拍了两卷胶片，发现一道瀑布后面有个凹陷的洞口，就跳过瀑布，钻了进去。

他刚站稳，突然有一大群蝙蝠从洞里飞出来，穿过瀑布朝外飞去，把他吓了一大跳。

他仔细打量那些蝙蝠，发现它们不是那种可怕的吸血蝙蝠，心里反而有点高兴，因为，蝙蝠能生存的环境，人也一定能生存。

但是，他马上发现自己的判断错了。他朝前走了几步，突然被什么东西绊倒了。他打开电筒仔细一看，在他身旁竟倒着一具散了架的骷髅，白森森的头骨中央，有双黑洞洞的眼睛正死死地望着自己！

弗明里吓了一跳，但马上镇静地想到：发现第一具尸体时，必须马上戴起防毒面具，使用氧气筒，这是他在进洞前就考虑好的。果然，在他还未完全佩戴好时，他已感到阵阵头晕。不过，当他吸入几口纯净的氧气后，头晕的感觉很快就消失了。

这时，又有一群蝙蝠在他头上方掠过。他想，洞穴里一定存在着两种不同的气体，有害的那种比较重，弥漫在山洞底部，进入山洞的人基本上吸入的是这种有害气体；无害的气体较轻，充盈在山洞的上半部，蝙蝠吸入的就是这种气体，因此它们能自由自在地飞翔。他还想到，蚊子是比较喜欢潮湿的环境的，它们还喜欢二氧化碳浓度较高的地方，说不定，这害人的气体就是高浓度的二氧化碳。

想到这里，弗明里弯下腰，检查了一下身边的水坑，发现里面果然有大量蚊子在扭动，这更证实了他的设想：水和二氧化碳吸引来大量蚊子繁殖，大量蚊子的出现又引来了蝙蝠的群居。但是，圣佩德罗火山的山体海拔很高，峰顶为5870米，山脚下也有2000多米，二氧化碳怎么可能聚积起来呢？

带着这个疑问，弗明里继续往前探寻。

越往里走，倒在两旁的尸骨越多。那些白骨森森的骷髅姿势各不相同，有的坐着，有的卧着，有一个竟站着趴在岩壁上。这时，弗明里已不再害怕了，他仔细查看着每一具骷髅。突然，他发现，那具站着的尸骨的掌心，紧紧攥着一把拨浪鼓，那是他母亲给哥哥避邪用的！

他走上前去，轻轻一碰，哥哥的尸骨就轰然倒下散开。弗明里含着眼泪，把哥哥的遗骨遗物都拾进一只口袋，随身带着。

　　不一会儿，他来到杀人洞的最深处：这里有一个巨大的石灰岩水池，二氧化碳就是由溶解的石灰岩释放出来的！

　　弗明里把哥哥的尸骨背出山洞，"杀人洞"的秘密也就大白于天下。两年后，这个山洞的大量二氧化碳被抽光，令人谈洞色变的历史一去不复返，这里很快成了景色迷人的"天堂洞"。

丛林大追捕

一个阳光明媚的午后，哈勒姆教授刚在办公室坐稳，目光便被桌上的一份叫《新闻内参》的报纸吸引住了，上面赫然写道：上世纪90年代末，亚马逊丛林里的塞朗多河流域突然出现了一种神秘的病毒，至今为止，已有数十人由于感染了此病毒而死于非命！

哈勒姆教授是著名的病毒学研究专家。一年前，曾意外采集到一种不知名的致命病毒，尽管他和同事夜以继日地对病毒标本进行分离，却仍然无法断定这病毒究竟属于何类，但有一点非常清楚，如果这种病毒一旦扩散，后果将不堪设想。为此，教授心急如焚。当他看到报纸上的这条消息，心里不由一动，难道它同自己目前研究的病毒存在着某种联系吗？思来想去，他决定率领一支考察组，深入亚马逊丛林的发病区，实地考察那种神秘病毒的病源和传播方式。

2001年3月中旬，哈勒姆教授一行到达了塞朗多河流域，通过走访，了解到那种病毒最初来源于一个小村庄。那些得病的人先是高烧不退，接着全身痉挛，最后休克而亡，整个过程不超过两个星期。

发烧、痉挛、休克……这些症状同哈勒姆教授所掌握的一模一样，由此可见，他研究的那个未知病毒正是来于此地！不过现在迫在眉睫的是赶快找到感染源，这样才能把那个可怕的病毒控制住。于是，哈勒姆教授找到这个村庄的村长，急切地问道："快告诉我，这里第一个患病的人是干什么的？"

"耍猴子的。"村长回答说，"他经常带着猴子到丛林的各个部落里进行表演。半年前，他突然说身体不舒服，在家待了没几天就死了。"

教授眼前一亮，脱口而出："那只猴子呢？"虽然他不敢肯定，但已经预感到这只猴子可能就是发现感染源的关键！

村长一耸肩膀，说："几天前，那只猴子趁门没关好逃走了，谁也不知道这家伙跑到哪儿去了。"

考察组的成员都知道，要想遏制病毒的传播，除了研究疫苗，最重要的是找到这病毒的原始宿主。于是，大家异口同声对哈勒姆教授说道："放心吧，教授！咱们就是翻遍整个亚马逊，也要把这只猴子抓住！"

就这样，哈勒姆教授和同伴们开始了艰难的追捕。第一天，他们把方圆15公里以内的地方搜了个底朝天，虽然猴子看到不少，可就没他们要找的那只，因为行动之前，村长曾告诉他们，说那只猴子的脖子上戴着一个铁制的项圈。第二天，他们把范围扩大到了30公里，结果还是无功而返；第三天、第四天，仍然没有任何发现……

一周后，考察组来到了塞朗多河的上游，下一步该怎样，没有一个人知道，大家只能望着哈勒姆教授，希望他能拿出主意。这时的哈勒姆教授也是疲惫不堪，他让大伙席地休息，独自面对着滚滚的河流，再一次陷入了沉思。

突然，不知谁喊了一声："猴子！猴子！"这一个礼拜，哈勒姆教授对这种呼声听得耳朵都要起老茧了，当他回身懒懒瞄了一眼后，心跳顿时加速起来，只见离他不远的一棵大树上，一只猴子在欢快地跳跃着，它的脖子上正来回晃荡着一个铁项圈！

这正是他们苦苦寻找的那只猴子，但哈勒姆教授再仔细一看，刚才的高兴劲立马消失了一大半。原来这只猴子并不像他预料的那样不合群，而是和大约20多只猴子待在一起，这意味着其他猴子也可能受到感染，惟一的方法就是将它们全部拿下。

一只猴子都如此不好对付，何况这么多呢！哈勒姆教授急得直搓手，脑海里像闪电一般想着对策。不料其中一名队员已经迫不及待举起猎枪，扣响了扳机，遗憾的是，由于树高叶茂，子弹没能打中目标。猴群受了惊吓，大声尖叫着，眨眼间便消失得无影无踪。教授来不及数落这名冒失的队员，拔腿向林中奔去，边跑边模仿着猴子的叫声，希望能把猴群再吸引过来。他知道，如果失去了这次机会，再想找到这些家伙，那真比大海捞针还难了。

大约奔跑了十来分钟，哈勒姆教授终于又看见了猴群。奇怪的是，它们并不像刚才那样急着逃跑，而是远远望着教授，扮着各种滑稽的鬼脸，当教授离它们还有几步之遥的时候，才"呼啦"一下全蹿上了树，然后蹲在上面悠悠哉哉荡起了秋千。

一个叫丹尼的队员一直紧随在哈勒姆教授的身后，见此情景，箭一般冲了上去，准备用网罩住那些猴子。哈勒姆教授刚想制止，丹尼已经踩上了树下那块被青草覆盖的空旷地，只见他身子一软，倒在地上，眼睁睁地向下陷去。原来，青草下面是一片沼泽！猴群是故意将追捕者引到这里，想要敌人全军覆没。大家七手八脚，好不容易才把丹尼拖出来。等众人惊魂稍定，猴群又没了影子。

当天晚上，考察组把帐篷扎在了一个洼地，打算明天继续追捕。次日一早，哈勒姆教授发现帐篷外面一片狼藉，有猴子拉的粪便和吃剩下的瓜果等垃圾。看来昨晚熟睡之后，这里被猴群光临过了。这时，教授心里猛地亮光一闪，想到了一个抓捕猴群的好办法。他让队员去采集一些美味的浆果，然后堆放在一块毡布上，毡布下面则挖了一个深深的大坑。

正如教授所料，天刚黑下来，猴群就抵挡不住浆果的诱惑了，悄悄向营地扑来，当它们在毡布上肆意抢夺食物的时候，隐蔽在帐篷里的队员一拉连着毡布的绳索，把猴子们统统掀进了陷阱。说时迟那时快，没等它们往外逃，哈勒姆教授便带人端着枪从帐篷里冲了出来，对着陷阱一阵猛扫，直到枪膛里的子弹射得尽光，众人才住手。然而，当哈勒姆教授在清点落网之猴时，却没发现那只脖子上戴铁项圈的猴子，他心里"咯噔"一下，想不到最关键的对象竟然漏网了！

经过和同伴们的商量，哈勒姆教授决定回村庄把那个耍猴人用过的物品拿来诱惑猴子，因为动物都有亲缘特性，总愿意接近它熟悉的气息。

东西拿回来了，是耍猴人生前穿过的一些衣服。哈勒姆教授把这些衣服挂在营地的四周，然后让大家藏在隐蔽的地方，夜以继日地等待着那只猴子的出现。时间又一天天过去了，转眼到了第四天的下午，那只狡猾的猴子终于出现了。它小心翼翼，一步三回头，见没什么动静，便立刻飞快地爬上树梢，顽皮地将主人的衣服向身上套去。就在这时，几支猎枪同时响了起来，猴子哀叫几声，一头栽倒在血泊中。

一年后，塞朗多河流域已不再是疫区，人们又恢复了平静的生活。

神秘的黑影

鲍尔爱好旅行，尤其喜欢猎奇，专挑人迹罕至、荒僻险峻的地方走。这天他来到澳洲的南部，这里人烟稀少，古树参天，一片神秘而寂静的景色。

傍晚，火车从黑魆魆的密林中穿过，进入一个富有原始气息的农场，然后在一个小站停了下来，车上的旅客纷纷下了车。这时，天色已暗了下来。直到火车缓缓启动时，鲍尔才发现，整个车厢只剩下他一个人。铁路两旁千奇百怪的树木在夜色中露出狰狞的面目，微风吹过，簌簌作响，还夹着令人毛骨悚然的声音，仿佛密林深处藏匿着无数妖魔鬼怪。

鲍尔不禁打了个寒战，他把车窗关得严严实实，故作轻松地吹起了口哨，回想一路上的趣事来。可还没过一会，车厢里的闷热，便使他坐立不安，简直都快要令人窒息了。最后，他还是打开了车窗，心想：反正也不会有什么东西跳上来的。

火车飞快地奔跑着，鲍尔觉得无聊，便靠在座位上打起了瞌睡，没一会儿，他就昏昏沉沉地睡着了。

半夜里，鲍尔猛然惊醒了，黑暗中，他听到一阵窸窸窣窣的声音。他揉揉眼睛，仔细地望去，发现车厢里果然有几个黑影在晃动。鲍尔顿时就吓出了一身冷汗，心里暗暗叫苦：看样子，一定是遇上强盗了。

鲍尔一动也不敢动地躺在那儿，紧张得心儿"咚咚"乱跳。他摸摸口袋，好在身边没有什么值钱的东西，于是他想道：万一强盗不肯放过自己的话，看来只能让照相机受委屈了，不过得把胶卷留下……

正想着，车厢里一下子又恢复了寂静。鲍尔等过了好一会，见还没什么动静，便壮着胆子向四下瞟了几眼，发现刚才那几个黑影早已安安静静地蜷缩在卧车铺位上了。鲍尔长长地吁了一口气，真是一场虚惊，看来这几位不速之客是些流浪汉，这下倒有人作伴了。于是，鲍尔安安心心地又

继续睡他的大觉。

第二天清晨，鲍尔睡醒，起来伸了个懒腰，正想快快活活地和那几个陌生的朋友打招呼，却被眼前的景象吓了一跳！几个身材硕大的狒狒正围着他转呢。一只狒狒嗅着他的鞋子，然后竟津津有味地咀嚼起鞋带来；另一只狒狒却饶有兴趣地把他的衬衣撕成碎条，提在手里看个不停……

鲍尔按捺住剧烈跳动的心，一动不动，屏声敛息地和狒狒们僵持着，任凭狒狒们挑选它们感兴趣的东西乱弄一气。鲍尔越看越紧张，眼看着再过几分钟，所有的东西都将被它们撕完，接下来可能就要撕人了！他紧紧闭上了眼睛，简直不敢再往下想了，只盼望赶快出现什么奇迹。

这时，火车的速度慢了下来，狒狒们互相对视几眼，然后尖叫几声，不约而同地从窗口一跃而出，向远处奔去，眨眼工夫，便消失得无影无踪了。

狒狒们敏捷滑稽的样子一下子驱散了鲍尔的紧张情绪，他感到浑身一阵轻松，为自己的奇遇兴奋起来。车刚一靠站，他就兴冲冲地下了车，找到站长，向他描述这一有趣、惊险的经历。

站长微笑着听完他讲的故事，然后耸了耸肩，慢慢地说道："原来你也遇上了它们。你上车的时候，列车员不是再三关照你不要开窗子吗？这些狒狒们每天都坐这班列车到这里的农场吃棕榈椰子，吃完就睡，醒来再坐6点的那班火车回去。"

泥沼险情

　　1977年4月，这是澳大利亚北部昆士兰州打野兔的好季节。野兔又多又壮，兔毛又长又密，吸引来一批又一批狩猎者。山姆就是这样一位爱打野兔的美国人，每年这个时候，他总要买上飞机票，从美国洛杉矶赶来，过一过打澳大利亚大野兔的瘾。

　　这一天，他已打到30多只大野兔。他把兔子装入蛇皮袋，拖着这些沉甸甸的猎获物，准备穿过一片草地，寻找走回公路去的捷径。

　　但是，他在草地里刚走了10分钟，就发现大事不妙：草地越来越泥泞。尽管他穿着高高的长统靴，还是一次次被淤泥吸附得几乎拔不出脚。他很后悔自己第一次踩到淤泥时没有掉头回去。现在，他试着转身踩踏原来的脚印，却在淤泥里更深地陷进去。这片草地是块沼泽，它的表面原来处于稳定状态，草皮被踩坏后，沼泽的真面目就露出来了。

　　很快，他看见了使他惊心动魄的一幕：放在地上的那只装满猎获物的蛇皮袋周围，突然泛出一股股灰胶泥，接着又吐出一连串气泡，就像一头怪兽张大巨口，将装着几十只兔子的蛇皮袋一下子吞了下去。山姆忙放手松开拉着蛇皮袋的皮绳，他为自己的命运担忧起来。

　　是向前走，还是退回去？他决定还是试着向前走。但是，刚走上三步，左腿的长靴就被死死地吸住，怎么也拔不出来了。他把身体重心侧向右腿，但马上发现，右腿也无法动弹了，那可怕的沼泽灰胶泥，却一股股从靴子旁涌出来，淹没了他的小腿，接着又淹过了他的膝盖。

　　山姆害怕起来，将身体趴倒在草皮上，但两腿周围的灰胶泥还是像怪兽的舌头那样，不停地朝他的身体卷上来。山姆觉得已经无法自救了，马上掏出移动电话，拨号向狩猎救援中心呼救。

　　不一会儿，天空中传来了嗡嗡声。一架由皮里克和希恩驾驶的直升飞机赶到了。皮里克向山姆喊话道："请保持姿势不动，尽量不破坏浮力平衡。我们将放下一个皮浮椅，你看准机会坐进去，我们会把你吊离沼泽的。"

山姆耐心地等待着。直升飞机在他头上盘旋了好一会儿后，终于将一副皮带套荡到他的眼前。山姆将皮带套放在左右腋下，注视着皮浮椅一寸寸落到自己身后。当他觉得位置合适时，立刻伸出右手大拇指，叫了声"好"。

但是，当直升飞机刚将吊缆绷紧，山姆却痛得大叫起来，根本无法配合着坐到浮椅中。

原来，沼泽淤泥的吸力非常大，把他的下半身紧紧吸住，如果硬扯，山姆非出现全身性骨折和内脏破裂不可。皮里克十分明白山姆的处境，他对希恩说："现在只有一个办法，你千方百计维持好直升飞机的平衡，我俯下身体将他身旁的泥挖开，再设法让他坐进浮椅。"

希恩点点头，将直升飞机一点一点降下去，等皮里克能从舱门口用铲子挖到淤泥时，就尽力保持直升机的高度和平衡。

皮里克打开舱门，见淤泥差不多已淹到山姆的胸口，就赶紧用铲子挖泥。但是，淤泥刚被挖开，又很快涌过来，累得皮里克气喘吁吁，但他咬紧牙关，不断地挖着。

在直升机的驾驶舱里，希恩要让飞机保持凌空不动，担子也不轻松。他脚踩着踏板，双手把握操纵杆，两眼紧盯着仪表，耳朵还得注意是否起风。这时若有一点差错，山姆的背部将被起落架撞断。

皮里克也知道希恩担子很重，他暗暗鼓劲，一下子将山姆胸部的淤泥全部挖完。当挖到接近山姆的腰部时，他鼓励山姆说："试一试，往后去抓住那浮椅。"

山姆颤抖着，身体向后一仰，从反面抓住了皮浮椅。这时，希恩配合着慢慢拉动皮缆绳，山姆的双腿终于有一半被拖出了淤泥。

皮里克一阵狠挖，同时高喊："躺进皮浮椅去，要快！"山姆顺着皮缆绳运动的方向，向斜后方猛地一蹿，身子终于滑上了浮椅。

这时，被挖开的淤泥又迅速合拢过来，但它们只能吞噬掉山姆的一双长靴。直升飞机将山姆带到安全地带，又把他送到了镇急救中心。

老太太遨游蓝天

1983年5月12日，悉尼天空晴朗，蓝天上飘浮着几朵白云。郊外的一座机场上停着几架供学习飞行用的小型飞机。担任飞行教练的洛维索满头大汗地从一架飞机中走了下来，他刚刚教完了一堂飞行技术课。他稍稍休息了一下，就开始专心致志地写起航空日记来。

正在这时，突然传来一阵隆隆的发动机声响。他吃惊地抬起头来，只见一架小型无舱盖的皮兹超级运动机已经冲上了跑道。他几乎失声惊叫起来，因为更让他吃惊的是：坐在驾驶舱里的竟是他刚收下的新学员——年已78岁的老太太布鲁杜德！

洛维索的第一个反应就是阻止她。他在后面跟着飞跑起来，大声地呼喊道："快停下！快停下！"然而飞机已经歪歪斜斜地冲上了蓝天，洛维索气得直跺脚。

随着人们的一声声惊呼，飞机像个醉汉似的东摇西晃地直冲云霄。洛维索一边跟在后面奔跑着，一边挥舞着双手高声呼喊，他的心都提到了嗓子眼。要知道，这位老太太刚刚才学了不到两个小时的飞行技术，根本没有半点飞行经验。本来，洛维索认为老太太大概是闲得无聊，所以突发奇想，对飞行产生了兴趣。刚才，她一直在注意这架用于特技飞行的运动机，洛维索还以为她只是出于好奇，也没在意。万万没想到这个老太太竟偷偷地开出了这架可以加大马力的飞机，做出如此令人瞠目结舌的举动。洛维索急得浑身直冒冷汗，他的呼喊声根本就无济于事。

此时，坐在舱里的布鲁杜德老太太却镇定自若，胸有成竹。她面对完全陌生的仪器和令人眼花缭乱的按钮，一面努力回忆着刚才飞行课上的内容，一面凭直觉操纵，脸由于紧张和兴奋而涨得通红。她把飞机向自己家的方向驶去。

当布鲁杜德的邻居们发现一架飞机正歪歪扭扭地向他们的房屋俯冲

下来时，都大惊失色，尖叫着从屋里跑出来。眼看着螺旋桨就要碰到房顶了，他们这才发现机舱里坐着的竟是布鲁杜德，她正兴奋地向大家招手致意。幸而她及时稳住机身，飞机猛然上升，人们这才松了一口气。

布鲁杜德的得意劲还没过去，她就发现飞机已经飞到了一座足球场的上方，这里正在进行一场争夺激烈的球赛。观众席上密密麻麻地坐满了足球迷，双方队员你争我夺，观众的呐喊声此起彼伏。谁也没有料到，一架超低空飞行的飞机突然出现在球场的上方，摇摇晃晃，仿佛失去了控制。场上立即一片混乱，队员们丢下足球，抱头鼠窜，观众们更是争先恐后地向四处逃散。

与此同时，警方已接到洛维索的紧急报告，出动了两架直升飞机进行跟踪。直升飞机很快发现了布鲁杜德驾驶的飞机，立即向它靠近并呼叫。没想到布鲁杜德似乎没听见，飞机竟径直向直升飞机冲来，就像发起进攻似的，吓得警察赶紧掉转机头，逃之夭夭。

这时，地面上已布满了警察和消防人员，准备对付随时可能发生的险情。可是布鲁杜德却丝毫没有罢休的意思。只见飞机忽而盘旋而上，忽而向下俯冲。前方是一座石桥，飞机骤然倾斜，人们都为布鲁杜德捏了把汗，飞机却灵巧地从桥身下一穿而过。

30分钟后，飞机又重新出现在机场上方。地面上的每个人都屏住了呼吸。飞机出人意料地作出一连串特技翻滚动作，最后降落在跑道上。

布鲁杜德险象环生的表演，使机场上的警察和消防队员十分恼怒。飞机刚停稳，他们便满脸愠色地走上前去，准备教训教训这位老太太。布鲁杜德却微笑着走下飞机，若无其事地说："那真是激动人心的30分钟，这一直是我想做的事，太令人兴奋了！"

洪水中的母子

    1986年初夏，澳大利亚北部昆士兰州的小城里奇蒙德突然下起了暴雨，周围草原上的雨水都泻进季节河弗林德斯河，小河挡不住每天200毫米的降雨，终于泛滥成灾了。

    这一天，男孩桑顿的妈妈开着轿车到学校去接他，回家的路上，雨越下越大，四处白茫茫的，只能凭着建筑的标记辨认道路。桑顿坐在妈妈身旁，望着道路这一边的楼房，不住提醒妈妈调整方向盘。

    他们从学校出来，几乎行驶了3个小时，才到达弗林德斯河边，从这里经过一座小桥，再开一阵就可以到家了。但是，由于河水猛涨，他们怎么也找不到那座小桥。

    弗林德斯河旁的一些简易建筑物早已被洪水冲垮卷走，一些大树也被狂风刮倒，随着洪水冲往下游，河岸旁早已面目全非，很难找到小桥的位置了。母子俩耐心地在雨中寻找着，直到将近晚上8点，桑顿才在一次闪电中看见远处有只邮筒的绿顶隐隐露在水面上。但是，当他们小心地将轿车开过去时，车轮突然陷进了一个土坑，发动机一下子熄火了。

    妈妈试着一次又一次发动，都不成功。最后，她对桑顿说："看上去，咱们只能躲在这辆车里了，但愿洪水不再上涨。"桑顿点点头，依偎在妈妈怀里，却把脚放在渗进轿车的水里。不多一会儿，他就发现，车窗外的雨越下越大，水没过了他的脚踝。他摇摇妈妈说："妈妈，咱们不能把自己关在这口铁棺材里！"

    说完，他用力撞开车门，把妈妈挽下车。洪水已经涨到齐腰深了，水面上漂浮着死鸡死羊，咕噜咕噜的声音十分吓人。桑顿扶着妈妈，一次次停下来，趁着闪电辨认邮筒顶的位置，但是这时连那个标记也找不到了。桑顿只能凭着记忆，朝邮筒所在的方向摸索前进。

    这200多米路，母子俩足足走了一个小时。

突然，桑顿向前不停探索的脚点住了一块石板，这是桑顿非常熟悉的一块桥板。平时，他们的车轮经过这块桥板时，都会听见"咯噔"一声响，现在，他又听到了这一熟悉的声音。

桑顿惊喜地对妈妈说："听，咯噔咯噔，敲响家门！"妈妈也兴奋起来，紧紧攥住他的手说："谢天谢地，总算摸到家门口了！"

但是，正当他们摸索着走到桥中央时，轰隆一声，小桥也坍塌了，母子俩立刻被卷进洪流。幸亏他们互相搀扶着，否则，眨眼间就谁也找不到谁了。他们被激流带着，身不由己地搅在那些死鸡死羊和碎木屑中间随波逐流。

不知漂流了多少时间，突然，他们被一道铁栅栏挡住了。桑顿刚拉住铁栅栏，就发现妈妈的右臂被什么东西撕下一块肉来，血一个劲地往外冒。桑顿立刻撕下自己T恤上的一块棉布，将身体移过去，艰难地和妈妈合作着，把伤口包扎起来。

妈妈笑着对桑顿说："好儿子，看来，你和这道铁栅栏救了你妈妈。"但是，话刚说完，铁栅栏就摇晃起来，眼看就要倒下来将他们压住，母子俩大叫一声，松手就往外游动。

果然，他们刚游开，那道孤零零的铁栅栏就倒塌了。这时，妈妈看见远处有一根电线杆，就拖着桑顿向它游去。但是，她的右臂实在疼痛难忍，游了一会儿，在靠近电线杆时，终于支撑不住，被激流带走了。

桑顿刚抱住电线杆，回头不见了妈妈，急忙挺起身子四下张望。一道闪电亮过，他终于发现，妈妈正在一个大漩涡里无力地挣扎着。他立刻猛地一推电线杆，向漩涡方向游去。不一会儿，他就被卷进漩涡中央，但他十分高兴，因为他又紧紧地抓住妈妈的胳膊了。

母子俩在洪水中拼命划动着，与洪水搏斗了3个多小时后，突然发现，他们被冲到了浅水处。这时，妈妈连站立的力气也没有了。她对桑顿说："你放下我，快往有建筑物的地方走！只要你活着，妈妈就放心了。"

但是，桑顿坚决地摇摇头，拖着妈妈两条胳膊就往前走。终于，他们走近一座建筑物，瘫坐在一块高出水面的花岗石上。

这时，天边露出了希望的曙光。

"飞下"悬崖

　　1990年11月15日，北半球已是深秋季节，南半球的澳大利亚却是春光明媚的日子。这一天，在威尔逊角的一个近300米高的悬崖上，正在进行一场真人飞翔试验。全世界近千名记者都赶来了，照相机和摄像机镜头对准了站在悬崖顶上的那个"长着翅膀的飞人"。

　　飞人名叫莱莫斯，1963年出生在澳大利亚的一个小镇上。他从小就随着父母在田野里玩耍，追逐田野上的斑头雁和布谷鸟。他十分羡慕鸟儿有一双会飞的翅膀，一直幻想自己也能有一对这样的翅膀。

　　长大后，他一直没有丢掉这个幻想。他在墨尔本大学认真研究了仿生学和空气动力学，毕业后，又在一家公司干了3年，积攒了一笔钱。然后他来到威尔逊角，准备实现他少年时代飞翔的梦想。

　　威尔逊角是澳大利亚大陆最南端的一个半岛，像个鹦鹉头似的直伸进巴斯海峡。光是它的鸟形地貌，就使莱莫斯喜欢上它了。这个悬崖又高耸在半岛的最南端，它的下面，经常有海峡带来的上升气流，这对进行人力飞翔试验来说，是极为有利的。

　　莱莫斯在威尔逊角住下来后，主要做两件事：第一，他要将自己的体重减轻到最低限度，同时又要将自己的臂力增强到最大限度。这是一对矛盾，既要减肥，又要增强体力。但是，莱莫斯通过合理安排膳食和加强锻炼，他把体重减轻了10公斤，两臂肌肉却增多了一倍。第二件要做的事是制作一对大翅膀。莱莫斯在各种材料中进行了筛选，最后，他选定了一种坚硬的塑料空心管作为翅膀的骨架，按照人体应有的比例把翅膀骨架放大到四米多长，两米多宽，再编织进又细又密的羽毛，一对大翅膀就做成了。他用电子计算机反复对许多数据进行运算，最后得出结论：他的翅膀至少能托着他飞行半小时。

　　试飞这一天，莱莫斯戴上流线型防风帽，穿着贴身的服装，远远望去，活像一只巨大的信天翁。不一会儿，朋友们又替他将两只人造翅膀紧紧缚在左右手臂上。他试着拍打几下，那几位朋友立刻叫道："别扇了，我们要感冒了！"

莱莫斯开心地笑了，他收起翅膀，站在悬崖边的一块突出的石头上，只等一声令下，就飞往悬崖前的海空。

他的几位朋友跑下悬崖，驾着游艇驶向海峡中央。有个年轻人手里端着重磅猎枪，准备随时向鲨鱼射击。

不一会儿，国际体育运动委员会的一名裁判打响了发令枪。莱莫斯深深吸了一口气，望了一眼脚下湛蓝的海水和点点白帆，满怀喜悦的心情，纵身向前一跃。

他的大翅膀一下子张了开来，随着他双臂的奋力划动，一上一下地扑动着。但是，糟糕的是，海面上竟一丝风也没有，他双臂扇动的力量不能将他托上蓝天，这只"大鸟"正徐徐朝海面上盘旋落下。

莱莫斯十分焦急，拼命划动双臂，努力不让自己掉进大海。忽然，海峡里吹来一阵东风，风里还能隐隐感到一股热气。莱莫斯开心得几乎要大叫起来，因为热气流是会带着他升上蓝天的。果然，随着他翅膀的不断扇动，他的脚终于没有沾上一滴海水，身体徐徐向上升，不一会儿，就超过了他起飞时的高度。

守候在悬崖下面的记者们赶快抢拍镜头，围观的岛民也纷纷为莱莫斯鼓起掌来。

这时，莱莫斯并拢两脚，两臂有节奏地拍击着，姿势十分优美。当他在空中看见海面上出现一群气势汹汹的虎鲨时，竟大胆地像巨鹰一样滑翔下去。他在虎鲨群上空盘旋了3圈，突然俯冲下去，像要抓起一条鱼似的。结果，那群虎鲨反而被这空中的庞然大物吓得全部潜入海底。那个持枪为他吓唬鲨鱼的小伙子快活极了，忍不住朝天开了一枪。

莱莫斯在空中飞翔了45分钟，大大超过了他原来估计的时间。最后，他减慢手臂划动速度，让大翅膀带着他成功地在沙滩着陆了。

跳伞者失误

1980年7月的一天，16岁的托斯卡又是兴奋，又有些担心，今天，他要去参加勇敢的跳伞运动。

上午10时，他和好朋友曼达一起来到新西兰北岛的机场。他们看到别人一个接着一个上飞机，一个又一个跳下来，每个人都顺顺当当。托斯卡感到自己跳伞也是有把握的，因为他在奥克兰空降学校受过训练。

一直到下午，才轮到他们登上飞机。天空晴朗，朵朵白云在空中飘荡。载着他们飞上蓝天的172型飞机，机身上一道青一道白，看上去有点像斑马，煞是漂亮。现在，他俩和另外两个新手已稳坐在机舱里。飞机越飞越高，很快就到达1100米的高空，这是他们跳伞的高度。这时，跳伞指导发出了号令："第1号，预备！"第一个跳的是一个二十四五岁的青年。随着一声"跳！"那个青年跳出了飞机，打开伞，徐徐降落了。一切都显得那么正常，那么完美。指导又叫了："下一个，2号！"

2号正是托斯卡，他显得有些紧张，做了几次深呼吸后，他沉住了气。托斯卡面对机首，双手紧抓机翼支柱，只觉得强风刀一般地刮在脸上。他可以放心地跳出去，不用拉伞索，因为凡是首次跳伞的人，只要跳出几秒钟，伞就会自动打开。

指导喊出了口令："跳！"托斯卡向后一跃，远离了飞机。他在空中翻了一个筋斗，降落伞正要打开，忽然有几根绳子缠在了他的腿上。他"啊"地惊叫一声，急忙拉动绳索，希望伞能抖开。然而，伞没有张开，风在他耳边呼呼直响，托斯卡吓坏了，心里默默地在叫嚷："天哪！我的降落伞张不开了！"

没有降落伞，托斯卡落下去的速度相当快，时速达90公里。每过几秒钟，他的身体就不由自主地要旋转一次。蓦地，他想起跳伞学校总教练提莫特教过的应急措施："万一降落伞失灵打不开，就把它丢掉。它离开你的身体时，会拉动绳索把后备伞打开的。"

对，后备伞！托斯卡用力拉动释伞圈，抬头看紧急备用伞有没有打开。但是，就在这一刹那间，一声闷响，他结结实实地掉在机场边上的农场地上，然后弹起来又落到了旁边。虽然他记起应急措施来，但已经太迟了。

机场上站着十几个参加跳伞的人，他们眼睁睁地看着托斯卡在空中打不开伞，速度越来越快地落到地面上。有的人闭上了眼睛，有的人惊得捂上嘴。等托斯卡落地后，人们纷纷朝出事地点跑去。惟独总教练提莫特一人没有跑，他见过跳伞出事，知道凡是伞打不开的，十个有十个是必死无疑的。他心里在想："多惨，这么个活生生的孩子完了，这事怎么向他爹娘交待？"

托斯卡躺在那里一动不动。他的左上臂折断了，臂骨白森森的，直插进泥里。离他身子两米开外，一个身子的轮廓清清楚楚地显出来，这是他第一次落地时碰出来的。一个人在喊："死了，他一定死了！"谁知，话音刚落，托斯卡苏醒了，他呻吟了一声。有人大叫："他还活着！"总教练提莫特飞快跑去，他不相信会有这等事。

急救车来了，人们小心翼翼地将他抬上车，直奔医院。经过医生检查，才发现他左脚骨折5处，左臂骨折两处，肺部分瘪塌，气体使两肺无法扩张。

托斯卡在医生的全力抢救下，48小时后，奇迹般地度过了危险期。大家都感到欣慰和幸运。

医生说，幸亏他掉在泥淖里，而且是侧着身子着地，这才救了他的命。

以后的3个星期中，托斯卡动了6次手术。他住了77天院，伤才基本痊愈。但是，他的左脚有些瘸，走起路来一拐一拐的。除此以外，他活得好好的。

这真是奇迹！要知道，他是从1100米的高空中摔下来的呀。

女潜水家寻找珍珠

　　1983年夏季的一天上午，新西兰惠灵顿的著名女潜水家西卡沙娜与丈夫罗尔皮驾驶游艇来到一处新露出海面的礁盘附近。西卡沙娜穿上潜水服，带上网兜和短刀，跳进海里，准备采集名贵的珍珠。

　　惠灵顿附近海域新发现的礁盘里，曾有人多次从一种名叫砗磲的巨蚌里采集到名贵的大珍珠。今天，西卡沙娜也想试试自己的运气。

　　这里是太平洋和印度洋两股洋流交相回流的地方，饵料十分丰富。西卡沙娜下到海底，马上被身旁五彩缤纷的动植物吸引住了。她沿着礁盘底座慢慢寻找，一点也不为众多的普通珍珠蚌分心。突然，她在礁盘的拐弯处发现了一只有大餐桌那么大的巨型砗磲。

　　巨蚌的壳正敞开着，露出了玉石一般的肌体。蚌的吸口能容得下人的胳膊，它正在大口吞食着海底的浮游生物。

　　西卡沙娜在巨蚌周围仔细观察，终于发现巨蚌肌肉外缘有一块凸起的东西，大小如鸽蛋。她顿时激动起来：那是一颗大珍珠，一颗价值连城的大珍珠！

　　她定了定神，屏息敛气，抽出短刀，站到巨蚌旁边，飞快地切割起那团凸起的肉来。

　　只是一眨眼工夫，柔软的肌肉被剖开了，一颗银光闪闪的珍珠出现在西卡沙娜眼前。

　　她激动地在胸前划了个十字，感谢上帝赐予她这么珍贵的礼物。接着，她伸出左手，准备一下子把大珍珠抠出来。

　　但是，就在她伸出手的刹那间，巨蚌的神经系统大概感知到了疼痛，蚌体痉挛了一下，巨大的蚌壳迅速合拢了。

　　西卡沙娜猛地把手一缩，但已经晚了，她的左手掌完全被夹在蚌壳里，即使她松开捏住大珍珠的手，也无法将手抽出来了。

她试着用短刀去撬巨蚌，但撬了好一会儿，丝毫也不起作用。她又想砸开蚌壳边缘，但巨蚌的边缘也厚得像是用大理石做的，根本没法砸出一个窟窿来。

时间过得很快，西卡沙娜觉得，她所带的氧气已经不够了，再呆下去，她会在海底窒息身亡的。她又试着撬了一会儿，最后，只好作出砍断那只左手的决定。

这是惟一可行的办法了，只有砍断左手，才有浮上海面的希望！

她下定决心，咬紧牙，对准自己左手手腕，一刀一刀砍下去。疼痛钻心，血肉模糊，筋骨断裂，西卡沙娜都不去管它了！几分钟后，她的左手腕和左手掌完全分离了。

西卡沙娜忍住痛，把左手腕上的止血绑带再咬咬紧，扔掉早已无用的氧气筒，一下子浮上了海面。

这时，在游艇上等得焦急万分的罗尔皮喊叫起来："我看见有血涌上来，究竟发生了什么事呀？！"

西卡沙娜用短刀指指身旁的礁盘，说："记住这个位置！我的左手和那颗大珍珠留在海底了！"说完，她举起血肉模糊的左手腕，一下子将罗尔皮吓倒在游艇里。

不过，罗尔皮马上镇静地用移动电话向海岸警卫队呼救，请他们马上派一架直升飞机和一名潜水员来。

在等待直升飞机的不长的时间里，西卡沙娜清理干净伤口，竟又一次跃入水中。这次，她是带着一根长尼龙绳下海的，她将巨蚌捆得结结实实，又浮上海面。

直升飞机来到出事点后，西卡沙娜对驾驶员说："劳驾你先把我的左手掌从海底里吊出来！"飞行员觉得很奇怪，但还是照办了。

不一会儿，那只巨蚌被吊出海面，放到游艇上。人们看到那只巨蚌几乎占据整个甲板，不禁惊呼起来。使他们更惊讶的是，当罗尔皮用利斧劈开巨蚌时，那只松开的手掌里，还有一颗鸽蛋大的珍珠！

西卡沙娜的断掌立刻被严格地消毒，并被妥善地保管起来。直升飞机带着西卡沙娜和她的断掌，迅速飞往新西兰急救中心。

一个月后，西卡沙娜接上的左手掌完全恢复了功能。当医生笑着问她是否想卖掉大珍珠来偿付医疗费用时，她连连摇头，大声回答道："不，不，这是我用生命换来的珍宝，我决不会卖掉它。"

急救包的奇迹

　　1991年4月8日晚，新西兰斯图尔特岛中心医院的外科护士汤娜在家里接到医生的紧急电话，说是医院里送来了一名被歹徒刺伤的妇女，需马上动手术，请她马上到医院去。

　　汤娜立即起床，收拾好急救包，开车赶往医院。她的车开得很快，车灯把山路照得雪亮。突然，有个男子在前边拦住车。汤娜一个紧急刹车，胸脯在驾驶盘上撞得很疼。这时，她才发现自己竟没有系上安全带。

　　那个男子来到车窗前，笑嘻嘻地说："小姐，我要去赶渡轮，请你送我一下吧。"

　　汤娜的眉头皱了起来。赶到横渡福沃海峡的渡轮口，起码得50公里，来回100公里，她就会耽误那个紧急手术的。但这个男子似乎也很焦急，她就向他建议说："我把你送到有出租车的地方，你换车赶过去，好吗？"

　　那男子迟疑了一下，终于点点头说："好吧。请让我坐在你旁边，好吗？"

　　汤娜只好打开边门，让那男子坐进来。

　　那男子看见了急救包，闻到了药味，问道："你是医生？去参加抢救吗？"

　　汤娜眼睛盯着前方，答道："我是外科护士，有位妇女被歹徒刺伤了，我去帮助手术。"

　　那个男子不吱声了，瞪大双眼注意着前方。

　　突然，山路上出现了一道路障，两名警察朝汤娜的汽车摇摇手，要她停车检查。汤娜对那男子说："大概在搜查那个歹徒。得停车了。"

　　谁知，那名男子竟凶相毕露，恶狠狠地说："你知道我是谁吗？我就是他们要抓的人！你给我闯过去，那路障正好可以给警察先生一杠子！"

汤娜摇摇头说："不行，我的车会撞坏的！"

歹徒立即拔出刀来，吼道："车子撞坏算什么！难道你也想挨一刀吗？"他见汤娜减慢了速度，猛地把她拉开，自己握起方向盘，加足油门，车子像疯了似的猛向前冲。

汤娜坐到边位上，见汽车像火箭似的朝前飞，立刻将安全带紧紧系上，吓得双眼也闭上了。只听见"嘭"的一声，车撞开了路障，两名警察喊叫着跌倒下去。歹徒狂笑一声，把车子开得更快了。

汤娜大声喊道："快减速！这么窄的山路，迎面开来车怎么办？要出事的！"

谁知，歹徒却不断加大油门，狂笑着说："我原来是个赛车手，这种车速，对我来说，只是毛毛雨，还不够刺激呢！"

汤娜发现，汽车轮胎把山路上的石子刮得像子弹一样朝车后飞射出去，车头侧面擦着迎面而来的汽车，迸出一长串火星。汽车像要被颠得散架了。汤娜虽然紧紧系着安全带，身体竟也被震得滑下座位。

她想，非得制止这个坏家伙不可！

她抬头看一眼歹徒，发现这位昔日的赛车手竟狂妄得没系安全带，心中顿时一亮。趁歹徒不注意，她向刹车狠狠地一脚踩去。汽车立刻发出一长串尖锐的嘶叫，猛地停了下来。

歹徒被巨大的惯性带着，一头撞到前窗玻璃上，胸脯也被方向盘重重一击，立刻满头满身都是血。

汤娜从座位下钻出来，解开安全带，不顾一切地扑到歹徒身上，想捆住他的双手。但是，歹徒没有完全昏死过去，他晃动着身子，猛地将脑袋从车窗外缩回来，伸手就去拔匕首。

汤娜立刻用膝盖紧紧压住他的那只手，狠狠地朝他脸上的伤口揍了一拳。歹徒杀猪般地嚎叫起来，穷凶极恶地乱蹬乱踢，一下竟把汤娜踢出了车外。他擦擦脸上的血，拔出匕首，瞪着通红的双眼，朝汤娜扑来。

汤娜用急救包一挡，包被捅开了，里面的药品稀里哗啦全都掉了出来，歹徒的匕首正扎在纱布卷里。她趁歹徒摇摇晃晃地寻找她时，抓起一块浸满麻醉剂的药棉，猛地从后面捂住了他的口鼻。歹徒挣扎了几下，就乖乖地瘫了下去，束手就擒。